100 questions about situationship

100 questions about situationship

曖昧不明關係解咒書

100 questions about situationship

Middle 著

100 questions
about
situationship

自序／

偶爾，
有些網友會因為看了我寫的散文，
而傳訊息過來跟我分享感情煩惱，
其中一類最多人詢問的，就是曖昧。

人與人之間，
總有一些說不清、理還亂的關係，
不是戀人，也不是朋友，
不夠靠近，卻也不曾真正遠離，
不會提起，但是會留在心裡……

為什麼我們會走進曖昧裡？
是因為孤單，害怕認真被拒絕，
還是因為，我們其實知道，
某些人只適合短暫地發光發熱，
而不適合長久地陪伴對方走下去？

但，你是否也有過這樣的經歷——
在某一個夜深，你打開那個誰的對話框，
反覆看著對方的在線狀態，卻遲遲不敢開口。
曾經你以為，他的主動，是因為對你在意，
後來你卻發現，他的溫柔原來並不只屬於你。
你想確認真相，但你更怕聽見，
「我們只是朋友」這一個殘酷的答案。
於是你不敢開口去問，
也漸漸不敢再去確定，你自己的真正心意。
你以為自己只是走在一段關係的起點，
卻也在不知不覺間耗盡所有的耐心與熱情。
你一邊幻想未來，一邊又清楚地知道，
對方從來沒有真正許諾過什麼，
而你卻一次又一次，告訴自己這是最後一次。

我想，這一本書，
不可能道盡曖昧的各種情況，
因為每一段曖昧，都可以有著只屬於它的前因後果，
彷彿相似，但細節及餘韻也可以截然不同，
其他人有時會無法體會得到，或是用來參考。
但我仍是真切地希望，
這本書能夠為大家帶來不同的思考與想像空間，
嘗試用其他角度，去理解曖昧的本質或背後的原因，
然後讓自己也尋回一個，再重新整理自己想法的可能。
或許到最後，這本書不會教會你，
如何讓對方真正愛上你，或是與你和好如初，
但如果你在閱讀的過程裡，可以讓你重新想起，
其實你還有選擇的權利與可能，
並不是只有無止境的繼續等待，
又或是只能無奈地轉身離開……

如果能夠讓你再一次尋回，
喜歡自己的力氣，重新去愛與被愛的勇氣，
不會再被某一段不明不白的感情與過去，
而繼續留在原地受傷受困……
這就是我寫這一本書的最終目的，
也是為大家送上的一點微小祝福。

有些曖昧，是一場你情我願的默契遊戲。
有些曖昧，是無數次不對等的情感消耗。
就只望，你最後所遇到的曖昧對象，
是一個可以懂得與你互相珍惜的人。
而在真正找到這一個人之前，
我們都要繼續好好地去珍惜自己，好嗎？

Middle

contents

解咒第一章·類愛情

/

曖昧有時可以是愛情的開始
但也可以是與愛情完全無關

01／類愛情／每日聊天算曖昧嗎

tammy232320

00:16

最近，在交友軟體認識了一個男生，我們見過一次面，感覺還不錯。他每天都會傳我訊息，跟我說早安、晚安，又會關心我有沒有胃痛，有時我們會聊到很晚，什麼話題都會說，但就很少提到愛情……我不知道他對我有沒有感覺，因為我們也沒有約第二次見面，但是我想問，現在我們每天都會這樣聊天，有時聊到不願去睡……這樣我們算是曖昧嗎？

你們昨晚還有聊天嗎？

還有，現在我們仍然在聊……

發送訊息……

我想，是否「曖昧」，
關鍵不在於行為的形式，
而在於你們彼此心裡的期待和界線。

每天早安晚安、深夜長談、即時的關心，
這些都不是朋友間必然會有的互動，
尤其是在彼此尚未太熟悉的階段。
這些舉動很容易讓人感到親切，
但如果對方從未表明過心意，
或遲遲沒有進一步的行動（如約你再見面），
這些舉動可能也只停留在情緒的陪伴層面。

真正的曖昧，
是情感上的欲語還休，不斷游移，
有時給你一點甜與酸，有時讓你靠近，
然後卻讓你感到苦澀，
你會既期待又不安，像踏在雲上，
但不知道下一步是會飛翔，還是墜落……
你有這一種感覺嗎？

我覺得你可以再觀察多一會，
不論是對他，還是對你自己。

深夜聊天可以很曖昧，但很多人的交往，
也是從聊天開始，最後從聊天終結。

02／類愛情／超越純友誼的曖昧舉動

ivy008009

23:22

你認為，朋友之間，有哪些行為是不可以去做的？之前在網路上看到有人分享，如果做了這些事情，就是超越朋友的曖昧表現：

1. 摸頭
2. 牽手或摟腰
3. 送對方回家
4. 早上致電對方起床
5. 凌晨時分聊天
6. 一起看海
7. 報備行蹤
8. 喝同一杯飲料
9. 看愛情電影
10. 同房過夜

我覺得 9 很平常，因為我經常也約一位朋友看電影……我這樣會令對方誤會嗎？

9 我也試過，但後來發現，還是找合適的人比較好 :p

發送訊息……

人與人之間的認識及誤解，
有時並非源於你自己做了什麼，
而是對方實際上感覺到了什麼。

不同的人，對於友情的邊界，
很多時候其實都不完全一樣。
有些人會認為「同房過夜」很曖昧，
然後認為一起看愛情電影是很平常的事。
有些人會認為只可以跟心儀對象看愛情電影，
但平時就跟朋友們會一起看海、喝同杯飲料、
甚至徹夜在枕邊談秘密……
可能對你而言，是很平常，
但對另一方而言呢？
最重要的還是你和對方的默契與共識。

兩個人是不是在曖昧，
很多時並不是看你們做過什麼事，
或是可不可以、應不應該去做些什麼，
而是看這兩個人的心裡，
還有多少尚沒有說清楚的想法與心意。
如果真的陷在曖昧的情況裡，
不要說看電影，就算只是靜靜地散步，
這件事情也已經可以很曖昧了。

如果是對的人，對的時間，
就算只是一起散步，其實也可以很曖昧。

03／類愛情／曖昧與沉船的分別

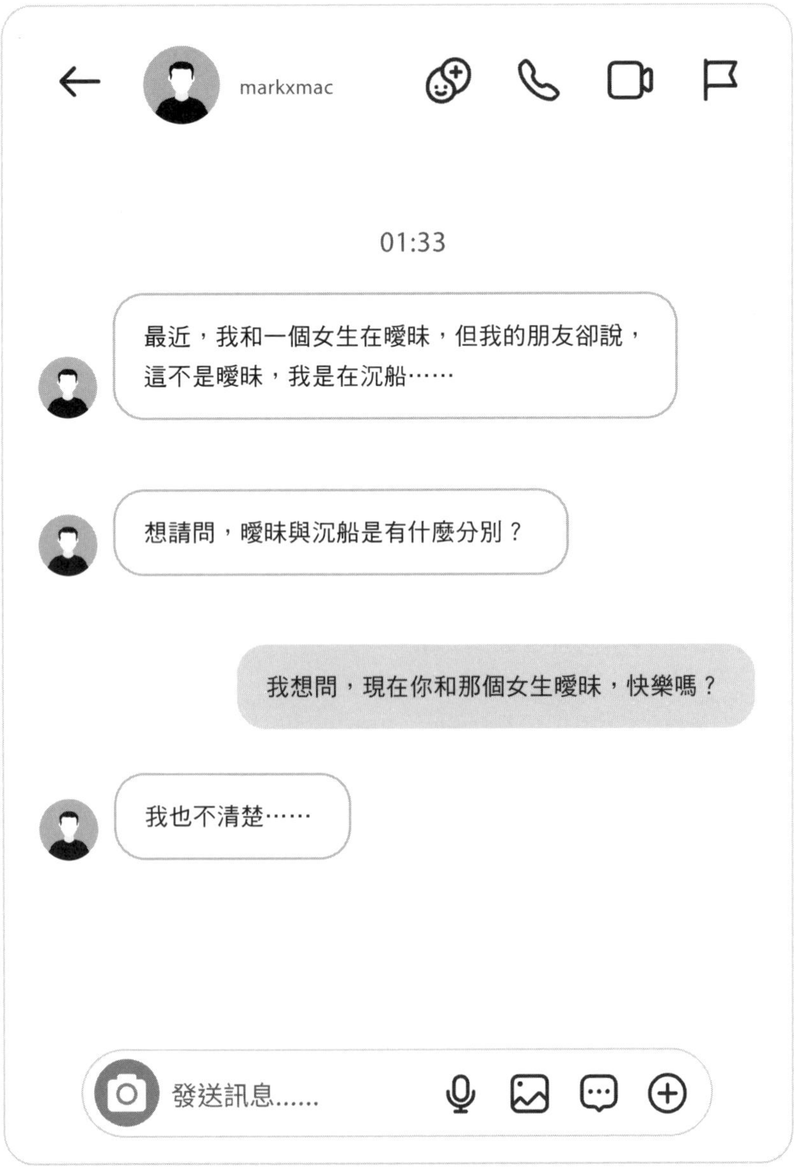
markxmac
01:33
最近，我和一個女生在曖昧，但我的朋友卻說，這不是曖昧，我是在沉船……
想請問，曖昧與沉船是有什麼分別？
我想問，現在你和那個女生曖昧，快樂嗎？
我也不清楚……
發送訊息......

曖昧與沉船，表面看起來相似，
都會期待、都有心跳的瞬間，
但本質上，這兩者還是有點不一樣。

曖昧，是兩個人之間互相都有感覺，
卻還未跨出明確關係的試探期。
你來我往，互相觀察和發出訊號，
彼此心裡都會想，如果我們在一起會怎樣，
又或是，如果我們不會在一起，又會如何……

但沉船，是你一個人開始認真了，
對方卻只是接受你的好，
而不會像你那麼認真，
也不會回應得如你這麼深。

真正的分界，不在於你做過了多少，
而在於對方是否有回應與回報。
她是否也主動想靠近你？
是否會在意你的情緒與反應？
如果這段交往，
就只是你單方面的投入、等待與揣測，
那很可能，你不是曖昧，
而是一個人在努力撐著，一段不對等的情感，
一個人在划著，不該只有你在划的船。

曖昧是兩個人同時向對方探索，
沉船卻是一個人在深海裡仰望。

04／類愛情／曖昧到在一起真的很美好

gieo820810
00:29
如果兩個人曖昧到最後，可以變成在一起、成為真正的男女朋友，這應該是最美好的結局，是嗎？
前提是，能夠在一起……
我會努力堅持到最後的！
發送訊息......

是的，
曖昧若能走向相愛，
那當然是最美好的一件事。
漫長的期待終於得到溫柔的回應及結尾，
那種得償所願的感覺，總是很甜美。

但並不是所有曖昧，都可以走向這個結局，
有時候更可以是，你們最後什麼都不是，
不會再見，不想再往來。
曖昧有時之所以迷人，
是因為會讓人心動和期待更多，
彷彿一個眼神、一句說話，
都埋藏著未說出口的愛。
但也因為沒有承諾，
人有時會容易愛得太深、期待太多，
卻無從知道對方是否仍然與自己同行。

最美好的結局，不只是從曖昧變成戀愛，
而是兩個人都願意真誠地一起走下去，
不再試探、不再讓對方猜心，
是喜歡就明確說喜歡，
是想與你在一起，
就要不顧一切牽緊對方的手。

最美好的曖昧，並不是終於走在一起，
而是彼此都願意真誠，不會再輕易放手。

05／類愛情／曖昧多久，才應該在一起？

john320nny

03:11

我和她認識了一個月，也曖昧了一個月

其實我們都知道，彼此都有好感，我也認真想和她發展，做真正的男女朋友，但……她有時會讓我覺得，她像是需要多一點時間，想繼續這樣曖昧下去。我不知道自己是不是太急於證明這段關係，結果給她帶來壓力……

其實要曖昧多長時間，才應該在一起？

發送訊息……

愛情沒有標準時間，
曖昧也一樣，沒有所謂理想的期限。
最重要的從來不是曖昧了多久，
而是你們在這段時間裡，
是否有更加靠近，更理解對方的心。

你說她像是需要多一點時間，
這可能並不是對你的否定，
而是她本來對愛情謹慎。
有些人天性敏感，
對關係的轉變也特別在意，
她可能會想確定，
這是不是一時的激情，
和自己曖昧的這個人，
是不是值得信任與依靠，
自己是不是可以勇往直前。

而你想讓關係變得明確，
沒有對錯，也不是太急的表現，
你也在用你的方式，
來表達你對她的認真。
因此關鍵是，你們能不能坦白對話，
試著溫柔地說出你的感受，
再去理解她內心的節奏，
讓她知道，你願意等她的答覆，
但也希望她願意理解。
你們的關係並不是一場比賽，
用彼此都舒服的速度一起同行，
才可以走得長遠。

一段關係的開始，不是看用了多少時間，
而是有沒有用適合的節奏，一起走下去。

06／類愛情／我只想和他曖昧，可以嗎

sharonyy02

12:31

最近，有一個男生對我很好

我每一句話，他都會重視。我再微小的情緒與想法，他都願意傾聽。我們每星期都會見面，他都會陪我去我想去的地方，一起探險，或是發呆。我們就只是普通朋友，但我知道他看我的目光，其實帶著一點曖昧的情愫。只是我們都沒有主動說破，我也裝作沒發現。但有時我還是會感到有點內疚，會覺得自己這樣其實很不應該……因為我現在還沒準備好，去再和另一個人發展一段正式的關係。但如果這就是曖昧，我也真的想和他繼續曖昧下去……這樣的話，又可以嗎？

可以啊

真的可以嗎？

發送訊息……

你感到內疚，可能是因為擔心，
自己沒有回應對方的期待，
又或是你害怕會傷害他的心？
但同時你也真的享受，
這份關係所帶來的溫柔和陪伴……
或許這就是曖昧最讓人心癢難耐、
也最微妙複雜的部分。

在感情裡，
沒有所謂應不應該的固定答案。
重要的是，你要對自己誠實，
知道自己現在真正需要的是什麼。
曖昧可以是兩個人的選擇，
只要彼此尊重對方的節奏與感受，
不是單方面的拖延或欺騙。

如果你想繼續這段曖昧，
不妨和他保持開放的溝通，
讓彼此明白這是彼此願意的狀態，
而非迷惘或利用。
曖昧不是一段關係的結局，
很多時也是成長的必經過程，
但也沒有規定，曖昧要在何時定局，
最重要還是，你們要讓彼此知道，
你們想這一個故事，如何寫下去。

曖昧不會是一段關係的結局，
但很多時也是成長的必經過程。

07／類愛情／明明她就不是我的理想對象

pepeter12

22:38

她不是我的理想類型，但最近我就是會不自覺地，對她這個人太過在意

平時見面，她總是有太多話說，每次都會讓我覺得很煩。但她沒有來和我說話，我又會覺得有點不習慣。她生病了，我又會忍不住掛心。她去日本旅行，我竟然開始數算她還有幾天回來。有時她會約我去吃宵夜，我有問過她為什麼只有我和她，她說因為我們住在附近，不約我還可以約誰。但每次吃宵夜，都會待到第二天看見日出才會回家。我不知道她是怎麼想，但在我來說，這不是我會對朋友做的行為。但她真的並不是我本來會喜歡的類型……你覺得我應該試著和她發展嗎？

是不是理想類型，真的那麼重要嗎

發送訊息……

總是這樣的，
你喜歡的理想類型，
與實際上和你一起走下去的人，
有時可以出現落差，甚至完全不一樣。

是否該發展，
關鍵不在她是不是你應該去喜歡的人，
而在於你內心真正的感受和期待。
你享受與她相處的時光嗎？
你的心是否總會想要回應她，
她會否是一個特別的存在？
而你對她的這份在乎，
是否讓你願意跨出一步，
給彼此一個可能？

感情從來不是公式，
也沒有例子一定適合你去參考，
兩顆心自然靠近的奇妙與浪漫，
往往是連作家想要寫也描寫不出來。
也許你應該要好好探問你自己，
是否想與她一起快樂地走得更遠。

並不一定要符合理想類型的標準，
愛情才值得去開始，才可以走更遠。

08／類愛情／我們偶爾會用同一支飲管

dada0987012

00:13

有一次，我和認識了五年的他，去快餐店打發時間。因為我不餓，於是我們就點了一個套餐，他負責吃漢堡，我就負責喝汽水。怎知道他吃完漢堡後，竟然拿起我喝過的汽水，用飲管啜了一下，然後若無其事地玩手機遊戲、和我說話。

之後就越來越常出現，用同一支飲管的情況。有時他會說對不起，有時他會像沒事人一樣。而我有時就會放棄再喝那杯飲料，但有時還是冒著交叉感染的風險，跟他共用同一支飲管。我有跟他說過不喜歡這樣，但他就總是會這樣不小心。其實他是故意的吧？我又應該讓他繼續這樣越界下去嗎？

你其實也可以拒絕啊

但我怕會讓他不開心……

那你自己呢，開心嗎？

發送訊息……

如果你已經表明不喜歡，
但他仍是明知故犯，
那麼可能他是無心的忽略，
也可能是他想靠近你、
一點一點試探你的界線，
想知道你會如何反應。

有時你願意包容他這些小錯，
但我覺得更重要的是，
你也要重視自己身心的感受，
如果你需要他的尊重，就要明確表明，
而不是默默忍受他的這種越界。
需知道，就算這就是曖昧，
前提也必須是你情我願，
才可以和值得繼續下去。
並不是說我喜歡你、我們在曖昧，
就可以無止境地越界，
無論任何情況任何關係，
我們都應該要好好珍惜自己。

曖昧有時會越界，
但並不代表這些越界是被允許，
是可以永無止境。

09／類愛情／朋友跟戀人之間，還有一種關係

tony121089

15:13

我們是舊同事，曾經一起工作過一年。

我離職後，有時會和以前的同事們晚飯，她是其中一位。以前在公司我們不算太熟，話也聊得不多，但有一次晚飯，她碰巧坐在我身邊，我才發現她比我想像中還要活潑健談。我本身喜歡郊遊，她對我說有時也會去陽明山玩，於是有一個星期天，我和她就搭車去到陽明山上的擎天崗，然後又坐車去北部的海岸線打卡拍照。對我來說那是一次難忘的經歷，因為我從來沒試過和朋友去過這些地方，就算是以前的女朋友也沒有。她給我的感覺是，她真的享受去遊覽那些地方，她也很懂得照顧我的感受，總是會微笑著聽我說話，和我聊不同的事情。

那天之後，我們偶爾會在訊息裡聊天，直到她後來交了男朋友，為了避嫌我就沒有再主動找她聊天。偶爾和舊同事聚會，仍是會見到她，她有時也會坐在我身邊，說些近況之類，但我知道我們以後不會再深交了。其實我也不知道，她算不算是我的朋友，又或者是我不想將她放在朋友的位置裡吧。不知道你明不明白我的想法，但就是想和你分享。

發送訊息……

有些人不會再深交，
但是會讓你一直念掛。
或許有天，你們也不會再見，
但在那一段時光裡，
你們一同經歷與分享過的感覺，
會成為只屬於你們的特別回憶，
偶爾令你恍然若失，
偶爾又會讓你念念不忘。

沒有勉強成為朋友，
其實也是一個不錯的選擇。
有時我們其實並不需要，
太快去為某些關係貼上標籤，
反正那些人與事，都已經成為過去，
不會有人發現或在意，
就只需要自己還會繼續念記，
珍惜那一份曾經的美好，
便已經足夠。

他來過，但是已經不會回眸。
你還在，但是也沒必要讓他知道。

10／類愛情／認識的人越多，彷彿越再不懂得認真

cece_candie

01:58

以前，我也算是一個對愛情認真的人……但現在我發現，自己會寧願和別人曖昧，也不想再為一個人投入太多感情與時間。有時我會想，是不是自己變得不敢再對人認真了，還是我不敢再相信人。看著身邊的朋友都找到自己想要的愛情，也看到很多人似乎可以很輕易和別人曖昧，或是發生關係，有時我會覺得自己似乎也可以這樣，但過了不久又會為自己有這樣的想法而感到惶惑。這幾年也嘗試過，和一些人從朋友開始交往，只是很多時到最後會發現，對方也都是抱著試探心態，不會太認真，甚至連朋友關係也無法再維繫下去。漸漸我也不會再對愛情產生太多期望，如果曖昧的時候有得到快樂，就已經足夠了……

只是有時，仍是會想起，從前那個很認真去喜歡一個人的自己

我覺得，你能夠清楚剖析自己此刻的心態，其實已經是一次不錯的成長了 :)

發送訊息……

會不會有一種可能，
曖昧原來只是你暫時的避風港，
是修復自己的其中一個過程？

其實你不願意輕易放下曾經的期待，
只是也不想再被傷害困住，
所以才會想，用曖昧的姿態，
來緩解心中的空白與寂寞。
但這並不等於就完全是自私或懦弱，
你只是用對自己負責的方式，
來保護那一份還在期待的情感與認真。

有時候，放慢腳步，
讓自己有更多空間，
和內在的自己好好相處，
才有力量重新去愛與被愛。
你依然會懷念，
那一個曾經勇敢認真的自己，
也仍然在尋找，
屬於你和未來那一個人，
最理想的戀愛方式和節奏。
其實不必太快去評價或定論，
你自己現在的感受，
因為愛情本身就是不斷去成長，
也不斷去探險的一段旅程，
曖昧就只是其中一個特別的章節。
總有天，你會再次找到，
那份純粹想去愛與被愛的心情。

**有時曖昧可能只是一種保護色，
你其實仍想認真去愛，只是不知道如何重新開始。**

11／類愛情／曖昧最重要是開心，對嗎

lonbiy_h_m_c
03:56
她對我說，兩個人曖昧，最重要是大家都要開心……你認為是這樣嗎？
發送訊息……

我想，
對很多事情來說，
開心往往是很重要的部分，
如果不開心，就算名成利就也可以若有所失。

但除了開心，又或是在開心過後，
也會有其他事情等著自己去面對與考慮。
例如，如果一時的開心，
會換來更長遠的困惑與疲累，
那麼那一點開心，又是否值得自己去追求？
又例如，因為想讓彼此都感到開心，
你的付出遠超你所能承受的程度，
又或是有些時候你其實並非心甘情願，
那麼這一種開心，又是否真的不帶半點刺痛？

兩個人曖昧，最重要是大家都要開心……
這句說話並不能說是對還是錯，
因為也要看這兩個人當時的實際情況、
他們的開心是否也同步也對等也可以延續下去。
如果開心，但欠缺尊重與理解，
那也只會是一場短暫的幻象。

在一段曖昧裡，開心是很重要，
但心甘情願、互相尊重與理解，也是不可或缺。

解咒第二章．瓶頸位

/

彷彿只差一點就可以在一起
但也是因為那一點點
讓彼此可以再有轉身的可能

12／瓶頸位／當有天你們不再依賴暗號

allaboutcarm

00:48

在我們之間，會有一些只有自己才會知道的暗號

當一群朋友出去聚會，有時他會不經意地站在我的左邊，這樣我就知道他是想我查看手機訊息。大家在一起聊天的時候，如果看到對方拿出了手機，然後看著螢幕微笑，這就表示對方剛剛傳了訊息給自己。低下頭，下一秒再抬起臉，就是代表我想念你。如果連續兩次打呵欠，就是表示「有點悶，不如我們兩個偷溜去其他地方吧」……眨兩下眼睛，就是「好啊」、「OK」的意思，輕抿一下嘴唇，或是搔搔耳朵，就是代表「不好」。

已經不記得，最初是如何建立這些暗號，我和他認識很多年了，但直到近半年，我們才開始有這些曖昧的情況。他以前是我好朋友的另一半，他們分手後仍然有往來，我也不知道好朋友是不是已經對他完全忘情。彷彿我和他是不可能走在一起，但我可以感受得到，他這些日子以來的關心，每次眼神碰上了，都會有心跳的感覺。和他兩人單獨相處的時候，雖然沒有發生什麼，但感覺他應該也是樂在其中。

只是最近，我開始發現，再也看不到這些暗號的出現。最近兩次出去，都總是不知為何，我和他會隔著一些距離。我不知道自己是不是想得太多，還是他不想再這樣下去了，過去是不是就只有我自己想得太多。

有時暗號，
可以拉近兩個人之間的距離，
可以埋藏記錄一些不可以對人說的情感，
但是當暗號消失的時候，
就會更突顯出，你們之間本來的距離……
而其中最令人難耐的，
就是即使你有多不安或痛苦，
如今也無法再向對方傳達及傾訴。

或許更重要的是，你有多喜歡這一個人，
你有多想為這一個人，去付出及坦白更多，
自己想要有一個怎樣的未來？
然後，不再依賴暗號，
看對方是否也願意，
和你作出真誠的溝通與理解，
而不是無止境地去猜想去解謎，
最後換來自己的一廂情願。

曖昧時的暗號，有時可以很浪漫美好，
但當曖昧不再，暗號也就只會變成難言之苦。

13／瓶頸位／曖昧後，應該要告白嗎

wongkachun230

21:12

曖昧過的人，是不是就應該要向對方告白？
如果我對她沒有太深的喜歡，我又應該要如何讓她知道？

曖昧過，不一定要向對方告白

但如果你可以釐清自己的情感，誠懇地告訴對方，
也是一種最好的回應

發送訊息……

告白，
並非一定是因為喜歡或深愛，
而是你希望讓對方知道，
你的真實感受，你的想法，
給彼此一個明確的答案與可能。
相反，一而再的沉默和模糊，
往往比明說更讓人困惑和受傷。

如果你對她沒有太深的喜歡，
坦白是最尊重對方的方式。
你可以嘗試溫柔而真誠地表達，
你很珍惜你們之間的相處，
只是你發現到，你自己的心意，
並沒有像對方那樣深刻……
雖然難免會讓對方受傷，
但可以保護彼此的尊嚴，
避免了不必要的誤會和拖延，
讓對方知道你的真心，
給彼此空間和時間去調整，
思考之後如何走下去，
這樣對你們都好。

當你可以溫柔坦誠地拒絕一個人，
也是你最認真為對方思考的時候。

14／瓶頸位／還沒在一起前的聊天都很美好

jenniferxxxjennifer

05:22

以前我們會聊很久很久的電話。試過最久一次，是由下午五點鐘，聊到凌晨的六點。就算是沒什麼話想說，但拿著手機也不會覺得無聊。那一種總是會有一個人回應你的感覺，真的很美妙。有一次他去了美國旅行，我們有時差，但他還是每天特意打電話給我聊兩個小時。之後他回國了，我們就開始討論，要不要在一起，最後我們找到共識，說要再思考一下。但是從那天之後，我們就開始沒有再像之前那樣，長時間聊電話了。很多時也是在訊息裡聊天，而且他也不是很快就回覆。我有想過問他，是不是我有什麼做得不對，還是他已經不再那麼在意……但是我始終問不出口。

發送訊息......

在還沒想要證明什麼時，
訊息對話、電話長談，
總是比較美好而真實，
彷彿你們就是這個世界裡，
只屬於對方的一個避風港。
但當有天，話題變成了「我們」，
那些無聲的隔膜與距離，
就會開始出現，甚至無法逆轉。

你的心裡或會充滿疑問，
想知道是不是自己做錯什麼，
還是他真的已經不再在意。
這種不確定會在心裡一直纏繞，
怕問出口，怕聽到答案，
更怕失去曾經的美好。
但其實，這種無聲的掙扎，
是很多人都經歷過的階段。
勇敢問問自己和他，
是繼續前行，還是學會放手，
或許這才是留給彼此的最好禮物。

請相信，你值得去給自己一個，
認真清晰的答案。

曖昧時的訊息對話，可以很美好，
但面對面的回應，才是最真實的答案。

15／瓶頸位／真正的喜歡是不會曖昧太久嗎

dearsue02

00:01

朋友說，真正的喜歡是不會曖昧太久的

我和他已經曖昧了三個月，但是依然沒有更進一步。和他相處總是會覺得很自在，只是有時也無法分得清楚，他對我是愛情的心跳，還是友情的喜歡。再這樣曖昧下去，應該也會有完結的一日。每次我都會抱著這種有著限期的心態，去與他見面約會，越是知道可能會沒有下次，對這一個人的感情，反而變得越來越深……

如果真的喜歡，我們就應該早在一起了，又怎會捨得和對方這樣曖昧下去，是嗎？也許，他只是不知道應該如何拒絕我吧；又也許，他就只是把我當作一個很好很好的朋友，從沒有想過要和我，在一起……

發送訊息……

真正的喜歡，
往往不會在曖昧中拖太久，
因為一段愛情的開始，
是需要明確的承諾和勇氣。
但感情從友情到愛情的轉變，
從來不是一條直線，
而是充滿不確定與試探的模糊地帶。
你們相處時感到自在，這是最珍貴的，
但也容易讓愛情的心跳，
以及讓友情的界線變得模糊。

他或許是真的不確定，
自己此刻想要什麼，
也可能是在害怕失去這段關係，
而不敢隨便表態。
曖昧會讓人不安，
往往是因為雙方都在保護自己，
不願意輕易讓自己受傷，
寧願選擇忽視對方的感受和情緒。
但我想，你也可以先試著問自己，
你此刻最期待的是什麼，
是希望他能夠給你一個答案，
還是想繼續這種模糊的美好？
當你釐清自己想要的關係，
那麼再鼓起勇氣向他表達，
給彼此一個機會去剖開真心。
而無論結果如何，
至少可以讓你自己更加靠近，
你真正想要的幸福與未來。

曖昧會讓人不安，
往往是因為雙方都在保護自己，
不願意輕易讓自己受傷。

16／瓶頸位／曖昧不是應該為了在一起嗎？

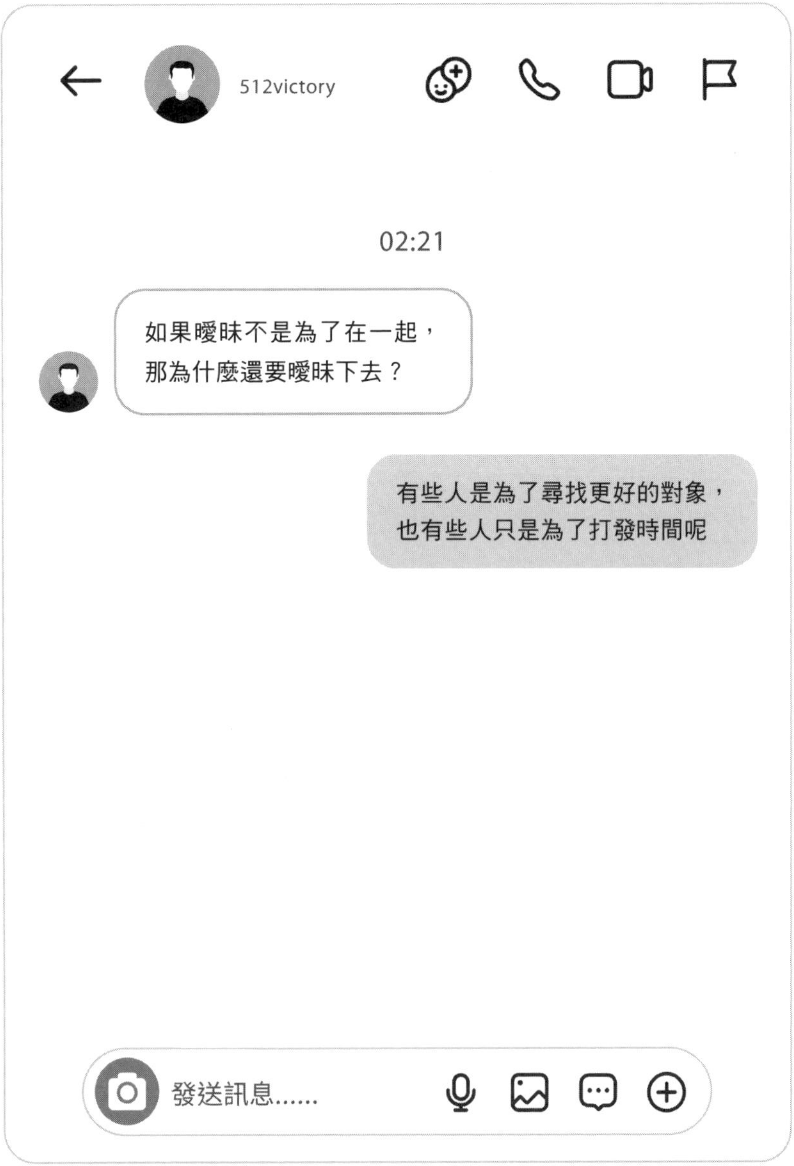
512victory
02:21
如果曖昧不是為了在一起，
那為什麼還要曖昧下去？
有些人是為了尋找更好的對象，
也有些人只是為了打發時間呢
發送訊息......

但事實上，有些時候，
曖昧並非只是為了「在一起」。
彼此不會明確的承諾，
也不會絕對的拒絕，
彼此在這個不明不白的情況裡，
向對方的世界試探、理解或停留，
偶爾會得到一點溫暖與安慰，
偶爾也會換來無奈與刺痛。

有時候，我們曖昧，
是因為希望透過這種溫柔的相處，
去認清彼此的想法與心意，
但同時仍然保留，
要不要走下去的空間與可能。
也有些人，是貪戀曖昧的親密感，
卻又不必承擔全部的責任與風險，
不願意輕易劃下句點。
不同人不同的曖昧態度，
可以演化出無數的可能和結局，
有些人最後可以如願以償走在一起，
有些人會為彼此留下遺憾與傷痛，
是如此微妙也如此矛盾，
但又有多少人，最後還是會沉溺其中。

有些人是曖昧過，才知道要不要在一起，
才會知道，原來不應該和這一個人曖昧。

17／瓶頸位／受過傷的人

tinyee030303

07:12

受過傷的人，是不是沒有資格和別人在一起？

他對我很好，但他對我越好，我就越會想起，自己可能會辜負他

一年前，我被前任背叛過，本來已經到了談婚論嫁的階段，但最後才發現自己原來是第三者。分手後，斷斷續續和一些人曖昧過，直到遇上他，才重新感受到真正被愛的感覺。但每次看到他眼神裡的認真與在乎，心裡都會有一點刺痛，會將他和前任作出比較……我不知道自己是不是嘗試在他的愛裡，去為自己療傷，但我都會忍不住去問自己，是真的喜歡他嗎，我有像從前愛著我的前任一樣，那麼喜歡他這個人，並全心全意地對他好嗎？

每一次的答案，都是不能確定。我知道自己不應該浪費他的時間與溫柔，但是我也害怕，自己會錯過了他，自己會後悔……

發送訊息……

受過傷，
不代表你沒有資格去愛，
也不代表你不值得被愛。
那些傷痕，是你愛過的證明，
但也已經是過去的故事，
不應該成為你拒絕幸福的枷鎖。

你害怕辜負他，
害怕自己不能像過去那樣，
全心全意愛一個人，
但其實這也反映著，
你還在嘗試讓自己復原，
還在學習重新相信如何去愛。

請給自己一點時間，
不用太急於去定義或定論，
自己是不是真的喜歡一個人，
自己的那些感情算不算是「愛」。
請試著在這段關係裡，
慢慢放下過去的包袱，
感受當下的他所給予的溫柔和真誠。
愛情並不是要追求最完美的承諾，
而是一場相互扶持的旅程。
你值得去愛，也值得被愛，
你們的故事，還沒來到終站，
不要因為太多未知的可能，
而錯過開展屬於你們的未來。

並不是只有完全復原過來，
才可以重新愛人，才值得重新被愛。

18／瓶頸位／他身邊有太多比我更好的人

pongpong809

00:16

我知道他喜歡我，但是我也知道，有很多人都喜歡他，而且條件大多都比我好。雖然他總是會想我陪在他的身邊，只是每次看到他的朋友們，我都會有一種覺得被比下去的感覺。我知道自己是想得太多。但有時會忍不住想，這樣的自己如果勉強和他在一起，最後的結果又會好嗎？可能只會失敗收場吧，又可能之後連朋友都做不成……那倒不如現在繼續做好朋友，這樣不是還可以時常見面、一起吵鬧，而且他也不會發現我那不值一提的自卑感，你說是嗎？

但你真的會甘心嗎

發送訊息……

喜歡一個人，
往往會害怕自己不夠好，
害怕被比較，害怕被丟棄……
只是，愛情不應該是比賽，
也不應該讓你一再質疑自己的價值。

你值得被愛，
是因為你本身擁有的獨特和真誠，
而不是因為條件的好與壞。
你們的關係不該被他人影響，
而是建立在互相接納與尊重的基礎上。
繼續做朋友，的確是可以留在舒適圈，
但如果你心裡始終有著更深的渴望，
如果你真的太喜歡他這個人，
或許也可以試著勇敢面對那份感情，
坦誠地向他表達你的不安與期待，
至少你也可以認清楚，
自己有沒有喜歡了一個不好的人。

最重要的還是，你如何看待自己，
你有沒有好好去珍惜你自己，
珍惜想去愛人與被愛的那點心情。

當你開始相信自己值得被愛，
別人才會看見你真正的美好。
無論未來如何，願你能夠珍惜自己，
無論是朋友還是愛人，
都值得被真心對待，
而你，也值得一段不帶自卑的愛。

你值得被愛，
是因為你本身擁有的獨特和真誠，
而不是因為條件的好與壞。

19／瓶頸位／她想更進一步，我卻開始猶豫

cheungsonfoo

20:17

兩星期前認識了一位女生，我們每天都會在下班後約會，去看電影、去喝咖啡、去逛海邊、去看日出……感覺她就像是一位很了解我的人，我們無所不談，每晚都會在電話裡分享過去人生裡每一點難忘經歷，然後開始一起約定，之後要到哪個地方旅行，將來要一起到歐洲看極光……那時候我真的以為，我們應該會在不久後就在一起。只是到了這個星期，我們依然會每天約會，我可以感受得到，她眼裡對我的感情，她應該是想要和我在一起，但是不知為何，我反而開始有點猶豫，我竟然開始沒有信心，自己可以讓她得到幸福……

上一次談戀愛，是在兩年前，那時候是我自己感到厭倦了，向對方提出分手，之後就一直單身至今。我不知道自己其實是不是太習慣一個人的生活，所以才會對展開一段關係而感到有點不安，還是自己其實並不是認真喜歡她？但每次看到她熱切的目光，我都知道自己不可以再這樣拖延下去……如果你是我，請問你會怎樣決定？

先停一停，好好想清楚

發送訊息......

明白你的猶豫和不安，
過去的傷痕與習慣獨處，
會讓你懷疑自己是否準備好，
再去承擔一份感情的責任與承諾。

展開一段關係，
並不是只看有多喜歡，
或是否一見鍾情，
很多時也是需要溝通與磨合，
一起建立與累積信任和承諾，
才可以走得更遠。

因此，面對當下自己的猶豫與不安，
最重要的是要誠實面對自己內心，
給自己空間去思考及感受，
這段關係是否你真正需要的，
是否真的讓你感到快樂。
然後也請嘗試和她坦白，
你的疑惑與不安，你的不確定，
不要讓對方空等與獨自煩惱太多，
彼此有真誠溫柔的溝通，
你們的關係才有機會好好發展下去。

就算最後真的不會再一起走下去，
至少也給一個機會去放過彼此。

有時喜歡一個人，想與對方在一起，
其實也是需要明確的決心與勇氣。

20／瓶頸位／不會傷害人的拒絕

dav_0327_id
21:15
想知道，如何拒絕一個原本與自己在曖昧的人，而不會讓對方感到受傷？
很難吧
真的很難嗎？
真的很難……
發送訊息……

其實，一般來說，
並沒有不會讓人受傷的拒絕……
如果你是拒絕人的那一方，
你當然可以有無數種方法，
讓自己避免受傷。
但被拒絕的一方，
或多或少總會受到一點傷害，
尤其是對方可能曾經為你認真過。

但請相信，真誠地向對方表達你的感受，
往往可以將拒絕的傷害減到最低。
避免使用模糊或拖延的語言，
因為不明確的拒絕，
有時反而會讓對方困惑更深。
更重要的是，給對方尊重和空間，
讓他知道這是你慎重考慮後的決定，
而並非一時的輕率或任性。

最後，拒絕一個人，
不代表就是從此結束，
你們之間的所有可能。
如果你們可以做到尊重彼此的感受，
保持適當的距離，繼續溫柔善良地交往，
也可能讓你們可以更自在地，
離開這一段曖昧，去找回快樂的自己。
讓對方有尊嚴地離開，
不要讓對方留下其實不必要的傷痕，
這才是對這一個曾經曖昧過的人，
最溫柔的一種回報。

最溫柔的拒絕，
是讓對方可以帶著尊嚴離開，
好好說再見。

21／瓶頸位／曖昧太久就不能成為情人嗎

karen.tan.016
07:01
是不是曖昧得太長時間，兩個人就會漸漸變回朋友，不可能再發展成一對情人？
看過有些人曖昧了十年，最後才發展成情侶
但當然這種情況並不常見
發送訊息......

當兩個人，
長時間停留在曖昧的狀態，
的確是會比較容易及有可能，
讓感情慢慢變得像朋友一樣。
太熟悉太親近太有默契，
也可能會漸漸失去想像空間，
無法再像最初的時候那樣，
可以輕易讓彼此心跳加速。

但這並不意味，
這樣的曖昧注定無法變成愛情。
關鍵在於你們彼此的意願與勇氣，
是選擇繼續停留在友情的舒適圈，
還是願意跨越那道界線，
承擔未來可能遇到的風險與挑戰。
曖昧有時像是一個保護殼，
讓人避免受傷的同時，
也讓自己逃避面對情感的真實。
當有一天，你們其中一方，
開始找到明確的想法和決定，
才有可能從曖昧中走出來，
變成真正的愛情。

然後還是那一句，
只有彼此坦誠對話溝通，
你們才能真正知道，
還可不可能做一對情人。

其實曖昧並沒有所謂的標準時間，
有緣分的人，最後還是會在一起，
不珍惜的人，總是很容易一再錯過。

22／瓶頸位／未可在一起的拉鋸戰

gladys0000013

01:27

他說過喜歡我，也說過不勉強要和我在一起

每星期我們都會約會一次。他知道我喜歡看海，所以每次他都會帶我去近海的地方，去好吃的餐廳，逛我喜歡的小店。偶爾他會牽我的手，我都會任由他牽著，但如果我不想牽手，他也不會勉強。

偶爾他會送我禮物，但每次我都會把禮物退回給他。我有跟他說不要對我這樣，但他還是會繼續如此。有時我會覺得，他只是想要有談戀愛的感覺，而不是真的需要戀愛……可能因為我也是這樣吧。只要可以滿足他一些心願，我們就可以繼續這樣來往下去。我知道這樣的關係不會長久，我也曾經想過要不要試著和他在一起，但最後我會想起，他始終不是我理想中的戀愛對象，我也不是一個適合當女朋友的人。繼續曖昧下去，可能才是最好的答案？

發送訊息……

嗯，你們的這種互動，
真的很有趣呢……
彷彿是溫柔的陪伴，
但也是友情與愛情間的拉鋸戰。
怕失去，又怕太過靠近，
想去愛，但又不敢勉強對方。
你們都在嘗試滿足，
彼此一部分的需要，
保留自己的一點堅持，
但我想，當時間久了，
這樣一而再的患得患失，
一直長時間的感情模糊，
終會讓你們都感到疲累與寂寞。

你們真的想這樣下去嗎？
這樣下去是否又真會找到，
彼此都心甘情願的快樂與幸福？
我無法為你找到一個真正的答案。
但我會覺得，是愛情又好，
還是只不過是朋友也罷，
一段關係裡最重要的，
是不能夠迷失自我。

清楚自己最想要什麼，不想要什麼，
才可以做到最自在最快樂的自己。

一而再的患得患失，長時間的感情模糊，
終會讓你們都感到疲累與寂寞。

解咒第三章・一對一

/

對某些人來說
曖昧可能只是其中一個選擇
但對你而言
他永遠都會是你最想認真的人

23／一對一／現在已經不流行，一對一的曖昧

hinswong84

02:12

有一個朋友，有一次在聚會裡認識 A，一見鍾情，於是對 A 展開追求，但因為 A 忙於工作，不想談正式的戀愛，於是朋友就和 A 發展成曖昧關係。過了不久，朋友又在另一個聚會裡遇上 B，然後我發現他跟 B 也開始有一些曖昧的行為。我問朋友，你跟 A 和 B 同時曖昧，你到底是喜歡哪一個啊？怎知道他回答我，現在已經不流行一對一的曖昧，而且他們又不是認真要做一對情人，不存在背叛的問題……請問是我的價值觀太過保守嗎？

發送訊息……

你不是保守或過時，
你只是在守護，任何一段關係裡，
本來不可缺少的誠信與理性，
一種人性中渴望被尊重、
被看見的真實需求和堅持。

曖昧是有著不明白的模糊區域，
但不等於就是可以無限延伸地，
不必負責任，甚至任意傷害人。
一個人會對另一個人曖昧，
本身是帶有期待的情感投射，
但如果這種期待，
可以同時發生在不同的對象身上，
便容易讓彼此陷入矛盾和混亂，
又或許真相只不過是，
當時人不想對別人與自己誠實，
不想對任何人付出真實的情感。

有些人會曖昧，是因為還未想要負責，
但這並不等於可以給自己藉口，
去成為一個濫情的人。

曖昧不是讓自己濫情的藉口，
曾經有過的傷害，總有天還是要歸還。

24／一對一／曖昧不放感情，還算是曖昧嗎

2023iris2001
01:16
曖昧有可能不投放感情嗎？
愛情有可能不投放感情嗎？
答案是可以的，只是並不是每個人都可以
發送訊息......

也許有時候，
人們希望透過不投放感情，
來保護自己，不讓自己陷得太深，
不要讓人看穿自己的真心與弱點。
但這份自我防衛的本身，
其實也透露出一種脆弱，
以及渴望被別人理解的心情。

然後，一直讓自己不投放感情，
往往最後也會無法真正得到，
對方最真實的喜歡與回應。
因為自己就只是戴著一個面具，
來認識對方，建立一種有距離的默契，
或是只不過徒有形式的交往。
只是這些感情、默契與交往，
卻又未必可以讓你由衷地感到安然自在，
因為當中真正的你並不存在，
你或會嘗試從其他的人與事身上，
去彌補這一點失落，
然後在不對的人身上，找到更多寂寞，
或是在對的人身上，留下更多遺憾。

曖昧是可以不投放感情的，
只是這不是每個人都可以做到，
做到了，也未必真的會感到好過。

但諷刺的是，不投放感情，
有時還是會一樣受到無情的傷害。

25／一對一／如果曖昧對象還有別條線

wendyian0626

23:10

如果有天你發現，原本和你在曖昧的男生，原來還有另一個曖昧的對象，你還會和他繼續曖昧下去嗎？

或者我會先去認識那個另外的曖昧對象，然後聯合起來把男生丟在一旁

發送訊息……

你要問自己，
在這段曖昧裡，
你原本追求的是什麼？
是被珍惜和重視的感覺，
還是單純的陪伴、溫柔與快樂？

如果是前者，
那麼繼續和這一個人保持曖昧，
但他的心又不只屬於你，
最後你還是會受到傷害，
也會令你自己很難走出來。
雖然有些人選擇繼續下去，
嘗試爭取，或默默等待，
是因為害怕孤單和失去，
還是相信對方更喜歡自己……
這樣的選擇無分對錯，
只有要看自己是否願意承擔，
未來可能遇到的失望和困倦。
如果喜歡一個人，
反而會換來無止境的疲累和不安，
或許放下對方，
才是對自己最好的守護。

他可以與兩個人同時曖昧，
不等於你就必須去做他的一個選擇。

26／一對一／喜歡但沒有想要在一起

choy.bernice

00:16

和一個說喜歡你，但是不想和你在一起的人曖昧，原來可以很苦

他會記得我的所有習慣喜好，他會知道要怎樣哄我歡喜，但我最想要的，他從來都不會給。他可以晚上不睡覺陪我通宵講電話，可以因為我說要吃棉花糖，於是在凌晨走遍不同的便利店去找棉花糖給我，但是在我最需要他在旁的時候，他會有不同的理由或藉口，讓自己逃避或是失蹤

他知道我喜歡他，他也說過他也有喜歡我，只是他也表明，現在不想和別人談戀愛。可我所追求的，並不是一種曖昧不明的戀愛關係，我有試過向他表明態度和立場，但他就只是愛理不理。當我心灰意冷不想理會他，他又會用各種方法來引起我注意，或哄我歡喜，然後我又很愚蠢地陷入其中……

有時我都無法分得清楚，他到底是不想認真，還是他不夠喜歡我。他應該可以很輕易就找到其他的曖昧對象，而我卻為一個不會和自己在一起的人，浪費太多心機和時間

當一個人，
懂得如何疼你、懂你的喜好，
卻又會在你最需要他的時候缺席，
這種若即若離、似有還無的拉鋸，
總是最磨人，也難以釋懷。

最重要的一點，
不只是他喜不喜歡你，
而是他是否準備好承擔一段真實、
可以長時間互相扶持的關係。
當他說不想談戀愛，
卻又不時來撩動你的情緒，
除了會為你帶來無聲折磨，
其實也在消耗你的熱情與心力。

你渴望自己喜歡的人，
可以全心全意對待自己，
這其實是對愛情最基本的追求。
或許是時候，給自己一個暫停的空間，
思考你還願意為這段不會有回應的關係，
繼續付出多少，付出到什麼時候？
給自己一個限期，將對方放開，
並不代表你不再愛對方，
只是在愛人的同時，
偶爾也要愛自己多一點。
他不放開你，你也要好好放過你自己。

後來，就只可以用漸行漸遠，
來回應他一而再的若即若離。

27／一對一／就只不過是逢場作戲

carcarcarmenland

08:02

原來最痛的是，當你以為曖昧的對象應該也喜歡你時，她卻告訴你，她找到一個喜歡的人，並已經在一起了⋯⋯你問她，那麼你們之前的曖昧算是什麼，她卻告訴你，是你自己太認真了，曖昧從來就只是逢場作戲⋯⋯真的是這樣嗎？

她的言論只能夠代表她自己，並不可以代表你

發送訊息......

因為你真心投入了感情，
卻換來了對方輕描淡寫的解釋。
當你以為，你們的這份曖昧，
是兩個人一起建立累積的默契與共振，
對方卻原來只當作一場遊戲，
這種落差便會變成最深刻的刺痛。

逢場作戲，聽起來似乎很冷漠，
但也實在地反映出，你和她在這段關係裡，
彼此的期待有著如何遙遠的差距。
你期待的是一段可能的未來，
而她可能只是享受當下的陪伴和溫柔，
沒有打算承擔更深的責任。
這並非是你太認真，而是從一開始，
你對感情的真誠與渴望，
被放置在一個不對等的天秤上。

但換個角度，早點知道真相，
也總好過被瞞騙到最後，
由得你繼續一個人等待與付出下去。
她如果要走，就不要再勉強挽留，
如果她從來沒有太多認真，
你再難過委屈，也不會換到她的更多同情。

並不是你太過認真，就只是從一開始，
你們追求的結局，本來就已經不會相同。

28／一對一／她有另一個更曖昧的朋友

kevin0983021

23:51

我和她曖昧了很久，想告白時，才發現她已經有另一個更曖昧的朋友

是應該慶幸，還是應該苦笑？自從那天發現了這個事實之後，我才留意得到，她跟那個人的曖昧程度，的確是比和我的曖昧更加耐人尋味⋯⋯又或者只不過是在之前的時候，我和那個朋友通常都不會同時出現，在沒有比較之下，我才會以為自己是這個曖昧故事裡的唯一主角。然後當我終於看到，他們看著對方時的那種目光，彷彿他們才是應該在一起的，他們才是最登對的主角，我才知道自己原來一直都是多出來的一個。就算她依然會對我很好，會繼續約我一起去唱歌去喝酒去夜遊，但我最多就只會是她的一個玩伴，而不是一個可以讓她去認真喜歡的人

發送訊息⋯⋯

有時最難受的，
是曖昧會讓人活在一種錯覺裡，
以為自己是故事裡唯一的主角，
卻不知道原來只是配角，
甚至其實只是其中一幕的背景。

她對你的好，或許是出自真心，
只是那些溫柔和陪伴，也未必等同愛情。
你是可以讓她輕鬆自在地相處的朋友，
但始終不會是她願意認真投入的對象。
當你投放了太多的期待與心力，
卻換來最後這樣的結局與落差，
你真的很努力了，
真的，也是時候讓自己靜一靜，
讓自己一點一點，將投放過的熱情，
從她的世界裡慢慢抽離。

或許這段曖昧，
日後會為你帶來難受的回憶，
只是也同時讓你看清楚，
自己真正想要的是什麼，
你是想如何去愛人和被愛。
她沒有選擇你，
不等於你就是多出來的一個，
請記得，你也是值得被肯定和珍惜。

有一種寂寞是，原來就只是自己入戲太深，
原來對方心裡，從來就沒有自己這個可能。

29／一對一／太快在一起的曖昧

try_to_forg

00:13

太快在一起的曖昧，是不是一定會失敗收場？

我和他從認識、曖昧、到在一起，就只有一星期時間，然後很可笑地，在兩天後，他向我提出分手……直到我現在也無法知道，他為什麼會想和我分手，是我這個人不夠好嗎，是他只想玩一下嗎，因為他把我封鎖了，之後也很快跟另一個人在一起……

其實他只是在我的生命裡短暫出現過，但他卻成為了我無法忘懷的污點

發送訊息......

我想，真正的重點，
並不是有沒有太快在一起，
而是有沒有遇到合適的人。
要說快，有些人也會覺得一個月太快，
認為來不及讓感情有足夠時間醞釀與沉澱。
但也有些人會認為一星期太慢，
如果真的喜歡和有決心，
第二天就應該要提出在一起，
不要錯過難得的浪漫與激情。

只不過，
當一個人會選擇用封鎖來回應你，
然後又快速投入下一段關係，
在這種情況，他除了逃避對你的尊重和負責，
也比較像是在逃避去面對自己真實的感覺。

雖然他在你生命裡只短暫出現，
但結果讓你留下難以忘懷的傷痕。
這並非你的錯，就只是成長中不可避免的痛，
同時其實也在提醒，
愛情需要時間和真誠的磨合，
而不是匆忙輕率的決定。
下一次，就不會再輕易地重複犯錯。

總是這樣，有些人就只是想要很快地達到目標，
但為什麼要完成那個目標，卻沒有很認真的想清楚。

30／一對一／只是心動，沒想過要在一起

sosotam903

05:21

會不會有些人其實就只是心動，
而沒有想過要和任何人在一起？

他們就只是想要讓其他人喜歡自己，但不等於他們會想對別人認真。他對別人好，是為了換取別人對他更好，他讓你感覺曖昧，也不代表他是真的想和你曖昧，可能就只是想要讓你對他意亂，受他擺弄，而沒有太多關於愛情的追求或意欲。有時最可惡的是，你以為他是想要逢場作戲，但他又會做出一些你意料不到的事情，讓你忍不住想要去期待更多，只是當你鼓起勇氣踏前一步，他又會用各種方式來拒絕或逃避你，但他又不會向你解釋為什麼會這樣。到最後就只有我自己一個人，為這樣的若即若離而煩惱太多，心裡再也無法割捨他這個人，他卻可以很輕易地把我丟在一旁，找更多的人來把我代替

發送訊息……

嗯，你應該也遇過一些，
很難過的遭遇吧……

的確，
有些人可能只是享受被喜歡的感覺，
而不是真的想要建立一段真誠的關係。
彷彿他們就是想收藏別人的喜歡與重視，
把關係當成一場支配的遊戲，
讓人迷惑痛苦，卻又不會負責，
更別說他們有沒有付出過真心。

但重要的是，當你遇到這樣的人，
你可能要時常提醒自己，
被喜歡是一件美好的事情，
被真心愛護，才是你值得追求的關係。
那些會讓你感到卑微和不被珍惜的人，
無論他有多耀眼、多麼讓你著迷，
都不應該成為你生命裡的全部。
尤其當他可以輕易找一個人將你代替，
你再對他投放太多期望，
也只會讓你自己的底線降得更低，
最後埋沒了你自己。

與其說有些人原來只會心動，而不會想與任何人在一起，
不如說他們就只想養魚，厭倦了就再去找其他的收藏品。

31／一對一／當成練習戀愛的曖昧

cherrie02_01

00:16

有天他對我說，他從來沒有和任何人曖昧過，那些總是在他身邊打轉的女生，都只不過是他練習戀愛的對象……

然後我就忍不住暗想，他也會把我當成是其中的一分子嗎？

如果這是訊息對話，你應該立即截圖，然後傳給那些女生參詳一下

發送訊息……

連曖昧過也不願承認，
用「練習戀愛」來沖淡和掩飾，
可以看到這個人對感情，
是有多認真呢……

而你會想，
自己會不會是其中一分子，
我猜，你對這段關係應該有真心投入過，
甚至渴望被當作獨一無二地對待吧……

其實我覺得，你可以問他啊，
如果你真的有付出過真心，和他嘗試靠近過，
甚至你也可以表明，
你不希望自己有天會成為他練習戀愛的對象，
不想你要一再懷疑不安，自己會不會一個代替品。
不過我想，會有這種想法的人，
應該也不會太認真回答你，
或是最後用其他似是而非的說話，
來讓你繼續對他迷惑吧……

希望你最後能夠好好守護，
仍然可以認真去喜歡別人的那一個自己。

或許到頭來，你也不是他練習戀愛的對象，
就只是一個剛好可以讓他打發時間，讓他找到的人。

32／一對一／你並不是一個誰都可以取代的人

nick.chen.t

09:05

我知道自己只是她其中一個選擇，她現在也未想作出任何決定，但對我而言，她並不是一個誰都可以取代的人。一直以來，我都很想讓她知道我的認真，想向她證明我是一個值得託付的人，但是當我越是努力，她就越是躲開退避，反而有時當我太忙、沒有經常找她，她又會倒過來主動找我約我，變得與我比較親近，甚至更認真地去看見我這個人。就是因為這樣，我們才可以累積更多更多，可以回味的經歷與默契，一些只屬於我們的、我可以好好珍藏的回憶。雖然有時我會想，如果我可以成為她的唯一一個選擇，如果她有天也可以喜歡這一個喜歡著她的我，那有多好……但如果我可以用另一種身分，留在她的身邊，和她走得更遠，那麼即使我不是她生命裡的最重要主角，甚至只是一個可以代替的配角，我是否就不應該再這樣自尋煩惱、想要得到太多，我是否應該可以更全心全意去做那一個守護她的角色？

發送訊息……

你願意守在她身邊，
即使只是以配角的身分，
但你內心的糾結，
又是否真的不需要得到抒解？
這樣的你，快樂嗎，會安心嗎，
還是日復一日地壓抑自己的感覺，
不斷調整你對她的期望與底線，
然後就只為了換來她短暫的關注？

愛情並不是比賽，
並不是看自己付出了多少，
就應該要得回多少回報。
只是愛情也不該是一場，
永遠只有單方面付出的自我極限挑戰。
對你而言，她並不是一個誰都可以取代的人，
但你其實也清楚知道，她未曾把你視為唯一選擇。
如果你在這樣的關係裡，做一個不問回報的配角，
真的感到快樂滿足，可以讓自己的生命圓滿，
旁人也無話可說。

但問題是，你也會知道，
自己會自尋煩惱，會想得太多，
然後有天你始終不可以，
再簡單純粹地飾演這個配角，
你會換來她的厭棄，到時你又可會後悔？

最怕的是，你以為自己可以一直飾演配角，
但到最後才發現自己還是會不甘心，
而你已經再沒有反抗的資格。

33／一對一／但他心裡有著一個曖昧過的人

yoko.chan.my

06:03

他身邊沒有其他曖昧的對象，但他心裡有一個，我無法讓他放下的人

原來回憶中的人，是最難被超越，也最難以被取代。他以前曾經喜歡過一個人，但是無法跟那個人在一起，因為對方本身已經有男朋友……但當時他們也有曖昧過很長一段時間，最後對方有天突然消失，封鎖了他的所有社交媒體，在他心裡留下很大的陰影和遺憾……這些都是有天我在他 IG 的小帳裡發現到的

他會和我曖昧，其實就只是想尋找一個與那個女生相似的人，想重溫當時的感覺，就連他們始終不會在一起、最後不會在一起的這些情形，他都想要再重溫一遍，彷彿就只是想再經歷或延續，他們曾經有過的那個故事。但我始終不是她，不可能真正給予，那時候他曾感受過的酸甜苦澀

我知道自己永遠無法勝過那一個他懷念的身影，但……我也無法忘記，他每次不經意地看著我的時候，那一種無法掩飾的失落目光。我知道不應該再如此下去，但偏偏，我也越來越不捨得……

有時最難過的，
並不是對方待你無情，
而是他沒有讓你知道，
在那些溫柔與關心的背後，
他原來只是把你當成一個替身。

或許他其實是知道這樣並不應該，
又或者是連他自己也沒有察覺到，
但是這段關係，從一開始就已經不對等，
他與你相處，卻心繫一個已經不在的人。
你以為自己正陪他走向未來，
其實只是被他帶回過去，
反覆重溫某一段遺憾，
而不是創造一段屬於你們的未來。

並不是只有完全放下一個人，
我們才可以去與新的人展開一段關係。
但問題是，他也要願意學習放下過去，
騰出一個位置讓現在的人進來，
而不是讓你扮演一個不該由你演的角色，
來修補他自己過去的傷疤。

願你可以找回一點勇氣，
離開那個其實不屬於你的位置。
你可以不捨得他，
但是真正珍惜你的人，
也不會捨得看見你繼續受傷，
知道嗎？

如果他只是把你當作一段劇情的續章，
那麼你又是否甘願，把他當成是全書的主角？

解咒第四章·太入戲

/

是因為很美好，才會太過入戲
是因為捨不得，才會陷得更深

34／太入戲／如果從來就只是好朋友

alan.kan.12

00:55

她說，她從來就只是把我當作很好很好的朋友

我以為她也會跟我一樣，有著心跳的感覺，那些一而再的靠近，那些偶爾碰上但沒有迴避的對望，是可以走在一起的訊號與暗示……原來這一切就只是我自己單方面幻想得太多。我以為那些欲言又止的神情，是她想向我暗示心意，但原來她只是想要讓我知道，她並不想要讓我再誤會下去，就只是不知道應該如何向我開口

直到，我終於忍不住，鼓起勇氣向她表白，她才一臉勉為其難地告訴我，她對我並沒有愛情的喜歡……

但我真的很難接受這個事實，我應該可以怎麼辦？

發送訊息……

或者，是你之前想得太多。
又或者，是她之前還不清楚，
應該要如何回應你。

有些人可能會比較容易分辨到，
喜歡還是不喜歡，喜歡還是討厭，
然後很直接迅速地向對方作出反應。
又有些人，在喜歡與討厭之間，
還存在著「有好感」、「不討厭」這些選項，
然後回應的節奏與方式，
也比較不那麼直接和決絕，
於是你向他傳送各種訊號甚至關心，
他也會基於禮貌或是某些原因，
而一直繼續給你回應。
但這並不代表，他對你有喜歡的情愫，
或他對你也有著一定程度的在意與認真。

請不要太責備自己想得太多。
你只是在真誠地回應那些可能性，
你只是真的喜歡了這一個人。
就算她始終沒有喜歡你，
也不代表你喜歡她就是一種錯誤。
是會很傷，是會很痛，
但至少，你也為自己勇敢認真了一次，
而沒有錯過與無視，這一份想要去愛人的心情。
終有一天，你會真正遇到那一個，
可以讓你全心全意去投入付出的人。

雖然他原來沒有喜歡過你，但這並不代表，
那些曾經付出過的喜歡與真心，就是完全沒有半點意義。

35／太入戲／她告訴你，她忘不了前任

a05613278

23:23

如果有一個女生，在認識不久後，她會將她的秘密分享給我知道，例如是她和前任在一起時一些難忘的經歷，又或是她現在仍然有多忘不了前任、她會偷偷為前任做些什麼事情，然後說著說著她就哭了……那麼我和她算不算是開始在曖昧？

如果她忘不了前任，你又會想和她曖昧嗎？

發送訊息……

一個人向你傾訴內心秘密，
甚至會在你的面前落淚，
可以是因為對你信任，
也可以是為了取信於你，
可能只是她需要一個安全的樹洞，
理解及聆聽她的心事，
也可能是她需要一個可以療傷的避風港，
而你剛好出現在她的身邊……
但不論如何，這並不等於就是愛情的開始。

而更重要的是，
如果她還未能夠真正放下過去，
你又是否真的準備好，
陪伴這一個人慢慢走出過去的傷痛，
讓她終於看見甚至正視你這個人，
又甚至你是否情願，
只可以暫時填補她的空白，
之後有天她還是會不再需要你的陪伴？

她需要傾訴對象，不一定也需要新的愛情。
你可以陪伴對方療傷，但沒必要讓自己入戲太深。

36／太入戲／只是一種習慣

queenieeeeew

21:15

一個月前，我與同事參加了公司舉辦的集團周年晚宴，認識了分公司的 K。之後 K 每天都會在清晨傳訊息跟我說早安，到了深夜，又會在訊息說晚安，有時又會跟我說「回到家了」，但明明我從來沒有對他這樣要求……有時我會回覆他早安，但如果我沒回覆他，他第二天還是會繼續這樣傳訊息給我。偶爾我會跟他閒聊一下，說說生活的趣事，他又會分享有趣的 reels 給我，我傳他訊息，他都一定會很快就回覆

然後直到兩天前，有一個當晚也有參加晚宴的同事跟我分享，最近因為不斷收到 K 的早安晚安訊息，而開始惶惑他是否想要追求她……我這才發現，原來和他在訊息聊天的人，並不只有我一個。當下我心裡有一點被他欺騙了的感覺，只是轉念又想，我們就只是在訊息裡聊過了幾個夜深而已，彼此從來沒有暗示或約定過什麼，就算要說曖昧，他也可以乾脆地迴避或否認，可以輕易地說是我自己太過認真。然後想到這裡，我發現自己原來已經對 K 產生太多期待……

但是他不只和我一個人聊天。上星期我們還約定，這個月底的星期天一起出遊，他會好好安排當日的行程。我還應該去嗎？

有時候，一些看似曖昧的關心與行為，
背後並不一定蘊藏著，太多的曖昧。
每天清晨與深夜問候，可以是一種貼心的習慣，
也可以只是一種想保持聯繫的方式。
他會主動告訴你「回到家了」，
可以是想讓你知道他在乎你的安全感，
也可以是他想在你生活中佔有一席之地。
但是，他是否真的想與你有更深入的交往，
是否也想與你的生活開始同步？
這始終需要更長時間的互動與觀察，才知道究竟。

除了你，他原來還有和其他人在手機傳訊息。
但就像最初所說，那些訊息往來，
可以完全不代表什麼，也可以是他在分散投資，
而你們當中並沒有一個人可以真正讓他認真。
但我覺得，與其單憑傳訊息這個行為而猜想太多，
倒不如趁著假期出遊這個機會，
來認識與觀察他實際上是一個怎樣的人，
他是想要與你友好，還是真的想有進一步的發展。
如果他是真的有意，他不可能永遠單憑訊息，
來加深和累積情誼，建立屬於你們的默契與回憶。
而如果過後，他又變回只會定時傳送早安晚安，
沒有再提出想要更多面對面的相處與交往，
那麼讓這份關係退回手機網絡裡，
也是一個不算遺憾的結局。

即時與定時的訊息問候，有時可以很曖昧，
但當中實際上蘊含多少認真與喜歡，
就只有親身面對交往，才會知道真正的答案。

37／太入戲／自作多情的自己

ball0021

10:02

有時實在很討厭自己的自作多情，以為他也喜歡我，然後就用同等甚至更多的份量，來回報對方，但當發現對方並不是預期中那麼喜歡自己時，自己又未必接受得了，會開始自憐自傷，甚至會責怪對方讓自己誤會，然後這些情緒會轉化成身體語言，在相處時會不自覺地讓對方感到難堪，但他也不會知道自己做錯了什麼，越是溫柔地想要讓我變回快樂，我又會覺得那並不是我那刻最想要得到的，然後又會忍不住將情緒轉嫁到他身上……

我已經不知道應該再如何面對他了

發送訊息......

無奈地，我們絕大多數人，
都曾經試過自作多情……

以為他也喜歡自己，
但原來只是自己想得太多。
以為他也跟一樣在意彼此感受，
但原來就只有自己太過認真。
渴望被愛，但結果只有自己單方面渴望，
想要放下，但對方又不會明白，
自己仍然在糾結的那種心情……

但真的，不要再太過責備自己了。
你只不過是，不小心對一個不對的人，
有點太過認真而已。
失落是難免的，情緒會很容易受到影響，
但這也是你曾經去熱切期待的一種憑證。
如果你越是責備這一個認真去喜歡的自己，
漸漸你就會越來越難找到，
一個可以讓自己安然的位置。
試著和那一個自己和解，
慢慢去療傷，慢慢地再重新去愛，
一切都總會好起來的。

你只是喜歡了一個沒有喜歡自己的人，是自作多情了，
但如果因此而要太過責備自己，就真的不值得。

38／太入戲／低估對你的喜歡與位置

queque.o.queque

01:11

我以為，只要不去期望，自己就不會受傷，但原來是我自己自欺欺人

他大我兩年，最初認識的時候，一直都很照顧我，很多事情都會以我為先。因為我當時還未可以從上一段感情走出來，於是我就和他做一對偶爾會曖昧的朋友。我們大約一個月見面一次，會約在咖啡店、海邊，偶爾會去看電影或散步，可以無所不談，也可以談得很深，我很享受和他的這種相處，淡淡的，暖暖的，我以為這份情誼可以直到永遠，他也會跟我一樣有相同的想法

直到兩個月前，他忽然在社交媒體貼出了一張和女朋友的合照。我之前都沒聽說過他交了女朋友。後來我像往常一樣，想要約他出來吃下午茶，但是他最初就只是已讀不回，過了兩天才回覆我，最近比較忙，所以抽不出時間。我最初也是這樣安慰自己，但直到上星期我生日，過往我們會約出來一起慶祝，但是這一次沒有，他也沒有在訊息裡傳我祝福訊息，然後對上一次我們的聊天記錄，就已經是兩個月前……我這才發現，自己原來已經失去了他，原來在不知不覺間，他已經佔據著我心坎裡最重要的位置

但是如今也無法再傳達給他知道

有些人會用「不再期望」來保護自己，
過後卻發現，即使不去期望，
但原來還是會一樣換到失望，
所謂的「不再期望」，
原來就只可以用來掩埋，
過去某些傷痛，還有想要再得到的心情。

而人心最難控制的，
偏偏就是那份無形的期待與渴望，
哪怕你口裡說不在意，
一顆心卻早已被某個誰全面佔據。
可也因為你以為自己不會再期望，
你不能夠做到真正的隨心而行，
去更認真地追求自己心中真正想要的，
或更誠摯地向對方表達你內心的感受，
直到有天終於完全與對方錯過，
才知道已經失去了再次交心的機會，
他已經與別人走進另一段關係，
而你還停留在原地等待，一個人失落更多。

如果下一次，再遇到同樣的情況，
你仍是會選擇，不再去期望太多，
還是會嘗試踏前一步，
留住那一個其實值得同行的人？

不再期望是一回事，會不會失望是另一回事。
有些人不可以再追，但不要變成一直卻步的藉口。

39／太入戲／為一個人想太多

lam.k.hung

02:50

是不是因為不能夠在一起，就很難避免會為這個人想得太多？

她遲了回覆訊息，就會想她是不是在和其他朋友聊天。她沒有接電話，就會想她是不是在和別人講電話，不想理會自己。她說她不在家，就會開始去想她是不是約了誰人出外，是不是約了最近新認識的異性朋友。她的限動出現我從未見過的人，就會猜這是新認識的朋友，還是她有些事情之前沒有告訴自己。到了深夜看到她仍在街上發限動，又會開始忍不住擔心和不安，開始去想她是不是和其他人樂而忘返，然後又會想她會不會忘了自己、會不會有一個誰取代了自己的位置。然後當自己一個人胡思亂想了一整天，為她這個人想得太多太多，但是又會不敢對她表現出來，怕她發現後會覺得自己太小器、太容易吃醋，厭惡自己、逃避自己，而其實是明知道，我們就只是有過曖昧而已，自己根本就沒有資格去過問太多……

唉

發送訊息……

是因為從未得到，是因為始終得不到，
是因為不可能去得到……
你害怕失去，害怕被取代，
更害怕的自己的心聲，
始終被忽略，不會被她看見。

當一段關係，長時間得不到一個明確的承諾，
彷彿就像是陷進迷霧當中，
於是我們就會開始不斷放大每一個細節，
為所有蛛絲馬跡設想無數的可能與不可能，
結果焦慮感會支配一切情緒與生活，
你的世界彷彿就只有她，才可以證明你的重要，
而偏偏她不會讓你觸手可及，甚至讓你看見。

你害怕自己只是曖昧中的一個過客，
漸漸你開始不敢表達太多內心的真實感受，
怕會被誤解成小器或過度的控制慾，
同時也讓你再無法自在地，
在她面前展現原本自信的你。
但過度猜疑和隱藏真實感受，
事實上也真的只會讓你越陷越深，
失去與她真正溝通的機會。

就算最後，你真的無法成為她的另一半，
但不等於你不值得去做一個，
可以與她交心、得到她尊重的人。

你的世界彷彿就只有她，才可以證明你的重要，
而偏偏她不會讓你觸手可及，甚至讓你看見。

40／太入戲／是我太寂寞，太容易認真

63_20_18

22:16

他總是會對我很溫柔，又會常常稱讚我可愛。溫柔本來並非是錯事，但他對其他人，不會像對我這樣溫柔。我有問過他，為什麼對我這麼好，他卻說把我當成妹妹，覺得我需要別人照顧，所以就不自覺地對我這麼好。但他的貼心、噓寒問暖，有時真的會讓我忍不住想得太多，會以為他是在暗示或帶著曖昧……還是其實我真的太寂寞，才會將他的溫柔當成是曖昧？我知道不可以再如此下去，否則我真的會忍不住喜歡上他，而他心裡是仍然忘不了前任……但是要疏遠他，我如今也做不到。應該如何才好？

發送訊息……

「妹妹」有時是一個很曖昧的名詞。

你們不是真的兄妹，
但他會像親人那樣關心你，
照顧你的感受你的需要，
但也因為你們不是兄妹，
那種混合親情與友情的模糊情感，
有時也很容易讓彼此誤會，
以為你們之間帶著一點曖昧，
甚至還有更不同的可能。

只是你也知道，他心裡仍然有放不下的人，
他現在無法完全走進一段新的關係。
我想你應該要先認真去問自己，
你對他真實的感受，擁有著哪一種渴求，
是想要他繼續像親友般陪伴自己，
還是希望有天可以真的和他在一起？
之後你可以選擇，勇敢去追，
或是繼續默默地在他身邊等待，
他有天可以放開過去的她。
說真的，你不需要急著去疏遠他，
也不必勉強去澆熄自己的期待與認真。
你可以慢慢調整自己的步伐以及與他的距離，
讓自己可以與他繼續一同成長，
去尋求更長遠的未來。

當越過友情的界線，一切都開始變得模糊，
他可以對你更加溫柔，你卻不敢對他太過認真。

41／太入戲／從前的錯過

lov.h.maggie

21:58

有一種痛是，從前他說過他喜歡我，可是我當時還不知道是不是喜歡他……然後等我終於清楚知道，自己也開始喜歡他了，他卻開始疏遠和冷落我，最後更與另一個人在一起……

是不是如果我早一點確認自己的心意，就可以挽回他的喜歡與溫柔？

發送訊息……

你以為，如果自己可以早一點確定，
或許就能挽回他的喜歡與珍惜。
但有時候，喜歡一個人，
或不再喜歡一個人，背後的變改與軌跡，
可以遠比想像中還要複雜，甚至不講邏輯。

你以為你們只是差一點點，
但有些結局其實是早已註定。
你以為有些人不值得在一起，
但可能他們是累積了一些，
看不見的緣分、堅持與決心，
才可以遇見彼此、留住對方。

或許他在你猶豫時，已經開始了自己的旅程。
現在你終於清醒了，但當下是終結，
還是另一個重新開始，
就只看你用哪種心態來看待。
人來人往，其實沒有所謂真正對的人，
在每一次選擇與誘惑之前，
始終都會將對方放在最重要的位置，
始終都不敢輕易放開對方的手，
這才是最難能的緣分與福氣。

與其說你們是差一點點就可以在一起，
不如說從一開始，你們是早已註定會錯過對方。

42／太入戲／不想戀愛的曖昧

cchanhanv

00:01

我們第一次擁抱的時候，她就已經跟我說過，不想談戀愛，就只想和我偶爾曖昧

我當時回她「好」，我也一直努力嘗試不要超越這一條界線

但是和她在一起的時候，真的很快樂……以前從來沒有一個人，可以讓我擁有如此心跳的感覺，可以讓我不顧一切，放下原本的理想，只為了滿足她的一點需要，讓她也一樣快樂……

我想成為她的男朋友，真正的男朋友，而不是只能夠有空才可以見面，節日不會一起慶祝的，像朋友但也不是真正朋友的誰……

請問可以如何讓她也愛上我呢？

發送訊息……

你有問過她，為什麼不想談戀愛嗎？

如果對方在最初開始，
已經明確地向你定下了這條界線，
那麼就算你的愛意再深再認真，
也不等於她就有義務需要去考慮，
向你發展成為情侶的可能性。
因為你們就只是一對偶爾會曖昧的伴，
你未必真的有資格，可以讓她甘願為你改變。
而往往，當其中一方想要打破曖昧不明的局面，
希望可以朝著更認真確定的關係發展，
對方就會因為感受到壓力而開始退卻，
結果不只未能更進一步，
甚至會一下子倒退成不會再往來的陌生人。

是的，你是真的很喜歡她，
真的很想和她在一起，
你相信自己能夠給予她更美好的未來，
但是你也要記得提醒自己，
不要把你所有的幸福與快樂，
寄託在一個可能無法回應你期待的人身上。
有時一個人不想與別人開展一段戀愛關係，
原因不一定就是與愛情有關。
愛可以感動一個人，
但不等於之後就可以讓對方想要去愛。

有些人不想投入去愛，原因未必與愛情有關。
他們不是不懂愛人，就只是放棄再去對愛情認真。

43／太入戲／只差一點就可以在一起了？

felix.the.cat

22:13

其實當兩個人曾經曖昧過，之後就很難再像朋友那樣，自然地相處吧？

我和她就是這樣，我們試過曖昧了一段很長的時間，直到她交了男朋友，之後我們就漸漸沒有再像從前一樣，經常傳訊息和聊電話。我可以看得出是她不會再對我主動更多，她不會來找我，是她不想讓我受到太多傷害，她是為了我好……但她偶爾也會想起我，或是找我幫她做一些事情，只是每次看見她的眼神，總是會帶著一點不自然，彷彿是像從前還在曖昧的時候，但是如今她已經是別人的女朋友……

本來我和她，只差一點點，就可以在一起的了。可惜我當初沒有好好珍惜，也太遲才懂得後悔。現在我們仍然會每年見面一次，看到她過得比從前快樂，我心裡還是會有一點點刺痛

發送訊息……

想起自己曾經寫過一篇文章，
希望能夠讓你作為參考：

入戲太深有很多種。
有一種是以為自己仍然是主角，
有一種是以為自己曾經是主角，
有一種是以為自己無法成為主角，
但自己在對方心裡，仍留有一個重要的位置，
以後會跟自己一樣念念不忘。

你相信，他後來沒有找你，
是他為了你好，不想再繼續傷害你。
但其實他沒有想那麼多。
他沒有找你，就只是沒有想你，
沒有任何需要再去找你。

你以為，他仍然會來找你，
即是你在他的心裡，
仍然佔有一個特別的位置。
但你也可以只是，他魚池裡的其中一條魚，
還要是不可進化的小丑魚。
有時你又會想，只差一點，
你們就可以在一起了。
但事實是，沒有只差一點，
就只有誰和誰後來在一起，
誰和誰始終不會在一起。
「只差一點」就只不過是自欺欺人。

入戲太深，其實無分對錯，
只是該離場的時候，就記得要提醒自己，
不可以再繼續自欺欺人。

44／太入戲／當你知道不可以太認真

rebeccaccarebe

07:21

有聽說過嗎，如果想一個人永遠都在意你，你就不能讓自己屬於這一個人？他想見你，你不一定要答應。他說你好，你也不要急著去示好。就算你很喜歡他，你也不能夠讓他知道，他想要與你在一起，你也不可以真的答應

不是不喜歡他，不是不想和他在一起，只是我知道，他的心裡不會只有我一個人。我已經看過太多太多，那些和他在一起的人，轉眼就會被他丟在一旁，甚至變回陌生人。反而我跟他繼續這樣停留在曖昧的階段裡，很久很久才見一次面，一起看海看星，偶爾依靠一下他的肩膊，偶爾一起想得更遠，我們反而可以走得更遠。他有時會半開玩笑說，很想和我在一起，但我知道他只是一時好勝心作祟，他從來沒有更實際的行動，他並不是真的那麼想念我，他就只是想擁有過我而已，而他自己卻未必真的明白這種心理……

朋友都說，為什麼我還這麼貪玩，為什麼不可以和他正式在一起，好好地談戀愛……或許是我真的不明白，如果他這麼好，如果他真的喜歡我，為什麼我們還是沒有在一起。昨天凌晨他還傳來訊息說，他很想我……但他前天才交了新女朋友，我又怎可以讓自己認真

應該說，你真的看得很透徹，
還是應該說，你其實不必讓自己這樣成熟？

你知道，他的心裡不會只有你一個，
偶爾你可以得到被關注的溫暖，
只是他偶爾又可以讓你的心感到刺痛，
他有足夠的能耐，把你傷到最深。
於是你選擇及學會保持距離，不讓自己全然投入，
用上和他一樣不認真的曖昧姿態，
來埋藏自己真正的喜歡與渴望。

這樣的自我保護，彷彿是一種自尋煩惱，
但其實你是在守護著自己的底線與初心，
不想最後會被對方辜負，也不願傷害到任何人。
因為你不會讓自己屬於他，
就算你已習慣他的若即若離，你也只能獨自去承受，
那一點只有你自己才會明瞭的孤獨與內心掙扎。
旁人可能還會笑你，為什麼不可以簡單輕鬆一點，
不要顧慮太多，去接受他的好他的溫柔，
但你始終都會清楚地提醒自己，
對他這一類人，永遠都不可以陷得太深，
就算再不捨再迷戀，也不可以讓自己變成，
一個隨時會被丟棄的過客……
希望有天，你會找到另一個可以讓你勇敢去追，
你不用再在所有人面前假裝的人。

其實你也想要勇敢去愛，只是對於他，
你知道自己永遠都不可以太過認真。
不曾擁有，思念才可以變得更加悠長。

解咒第五章·斷崖式

/

你不喜歡我，不要緊
但可不可以不要，斷崖式消失

45／斷崖式／總是會失聯的曖昧

mag.q.0923
00:16
為什麼別人曖昧後，都是會在一起，但我每次曖昧，對方到最後都會失聯？
發送訊息……

或許，別人的曖昧看似順利，
是因為他們剛好遇到一個，
在價值觀、目標、步伐、
對戀愛的期待都比較合拍的人，
而你遇到的，
可能是對方還未準備好戀愛，
也未想作出承擔、為愛情負上責任的人。
真要說的話，這是緣分與運氣的問題，
有時實在控制改變不來，
只能順其自然。

不過，值得反思的是，
你在過去的這些曖昧中，
有沒有察覺及顧及到，
自己真正的需要和底線？
有時曖昧會讓人陷入不安與焦慮，
而這些情緒往往會讓我們忽略自己的感受，
並且放大了對方的影響力。
對方沒有再找你，突然消失，
可以是他不懂得尊重與珍惜，
而你也不一定要依靠對方的回應，
來證明自己的價值。
學會愛自己，尊重自己的節奏，
當你開始真誠地對待自己，
對方才會有機會感受到，
只屬於你的獨特光芒。

他沒有再找你，是他自己的選擇。
你要不要繼續等他，也不需要他的允許。

46／斷崖式／無聲的變回空白

cececheunghiuwa

00:16

我問曖昧了一個月的他，我們現在算是什麼關係，但是他一直都沒有回覆我，也沒有再來找過我。直到一星期後，他在 IG 的聊天室裡，修改了我的暱稱，將聊天室的主題變回空白……我想我應該要知道答案，是嗎？

:(

發送訊息......

很多人都說，
無聲回應，也是一種回應。

然後這一種回應，漸漸越來越常出現，
當自己想要拒絕一個人，
不想和對方再曖昧、不想再一起努力下去，
不知道應該如何開口，
於是就開始已讀不回、不讀不回，
或是透過修改暱稱與主題，
用種種不言而喻的方式，
來告訴對方，一切都已經結束了。

真的是多麼諷刺。

是的，一切都已經結束了，
這樣的真相會讓人難受，但或許也是一個契機，
讓你尋回自己的步伐與節奏。
你可以選擇不再等待，一個不願意明確回應你的人，
將更多的時間和感情，投向那些會真正重視你、
願意和你一起走下去的人。

然後下一次，如果還是遇到這樣不告而別，
那就真的以後都不要再見了。

你知道嗎，原來無聲回應，
比起明確拒絕，有時可以更傷人。

47／斷崖式／比分手還要難走出來

kikitam063

04:28

我也試過失戀，試過被人提出分手，但真的沒想過，曖昧過後但沒在一起，竟然可以比分手還要難走出來

其實我也知道，就只是曖昧而已，不可以太認真，但這一次我真的走不出來⋯⋯為什麼昨天還會溫柔問好的人，第二天就可以完全不聞不問，比陌生人還不如。就算我在他面前出現，他還是不會正面看我一眼，甚至當著所有人面前，把我當成透明人⋯⋯以前只要有他在，我就會找到繼續走下去的力氣，他比我更懂得更珍惜我自己，可如今他的一言一行，都是用來反證我是不值得他再去在意的一堆微塵，比不認識的人還要冷漠陌生，有我在的場合，他都會直接轉身就走

已經一年了，我仍然走不出來。看到他後來跟別人在一起，我更會覺得，仍然記著從前那些的自己好笨好傻

發送訊息......

曖昧結束後，那些痛，
有時會比真正愛過後分手，
可以更無形，更沉重。

是因為，沒有明確的結束儀式，
是因為，沒有說清楚的不辭而別，
還是因為你們有過太多可能與期待，
也留下太多的為什麼與不能去問，
而想不到，那些期許那些迷惑，
最後竟然只可換來陌生人這個答案⋯⋯
比起明言絕交，或是反目成仇，
都要更加無理更加傷人。

但其實你已經很努力了，真的，
會執著，會放不下，是因為你有認真付出真心，
你曾經嘗試鼓起勇氣，去為這段曖昧不明冒險過，
就只是對方最後沒有勇氣，去面對而已。
請給予自己時間，不必急著遺忘，
也不必強迫自己堅強。
你可以脆弱與悲傷，可以慢慢地一點一點修復自己。
終有天，那些痛苦的碎片會重新拼合，
變回你從前最自在、最懂得愛自己的那個模樣。
有些人既然不會再見，那就讓他慢慢變成真的過客。
如果他不知道何謂珍惜與尊重，
他又怎會懂得欣賞你的美，你的好。

他曾經是讓你繼續前行的力量，
但如今他變成令你無法再追的困倦與刺痛。

48／斷崖式／斷崖式消失不配擁有愛

martin.fok.wi
23:47
我只想說一句：在曖昧裡，會斷崖式消失的人，都不配擁有愛情。
哈哈……
發送訊息……

其實任何正常交往的關係，
都不應該得到，斷崖式消失這種無理對待。

因為那就像是一場無聲的背叛，
連一點解釋和告別都沒有，
讓人措手不及，也難以釋懷，
這種對待愛情的輕率態度，會令人忍不住去想，
到底是對方的性格有著缺憾，
還是自己真的不值得受到尊重，
就算不能成為情侶，也沒必要將自己當成猛獸，
要極力隔離甚至驅趕推開，
但昨天他還會帶著微笑與你往來。
越想得多越會發現，從前有過的親密與快樂，
原來都是一些虛妄的泡沫，
可那些本來也是你一直珍而重之的回憶，
但最後換來他的自私與不懂尊重的回應。
其實他們是真的不懂得去愛吧，
又甚至不知道何謂同理心、如何從別人的角度思考。
你說這些人不配擁有愛情，
或許也是對的，無謂再讓更多人受害。
但可惜的是，那些人會斷崖式消失，
有時也是因為急於投入另一段感情關係……

唉。

你知道他還在，他仍然過得很好，
就只是他突然變回陌生人，
他消失了，然後反而讓你更難以釋懷。

49／斷崖式／他不想成為一個壞人

gigiteo2

22:36

他不會封鎖我，也沒有刪除我。他不會找我，只是也不會讓我找到。我的動態他依然會看，但從來不會按讚不會回覆。我也已經很久沒有收到他的訊息與電話，但如果我主動傳他訊息，他偶爾也會回覆一句或單字，全看他的心情，而不是看他有沒有空在線。他以前答應過的事情，現在一件也不會和我去做，也不可能會主動提起。傳他生日快樂，他是會道謝，只是也不會再有其他下文。其實以上這些轉變，本來也沒有什麼，就只不過是變回最初不熟悉甚至未認識的時候，但我還是會忍不住，將現在的他和一個月前的他來互相比較，那時候真的不會相信，一個可以那麼懂我親我的人，現在可以變得這麼遙遠疏離。而最諷刺的是，他並不是真的完全消失，或表現得很討厭和我有交集，但越是再相處下去，就越會發現，他並不是真的想和我繼續做交心的朋友，就只是想表現得自己不是一個壞人……

發送訊息……

其實他現在的行為，就像是一面鏡子，
映照他自己內心的想法——
不想完全切割你，但又不願意投入真正的情感。

他彷彿還在，而事實上已經不在，
你似乎還能感受到他的熱度，
但當你真的靠近，卻是無比冰冷。
你在他身上想要尋找過去的影子，
也只會發現他已悄然改變，
而這種落差所帶來的失落和迷惘，
說真的也只會令人更難受。

但如果這些虛情假意，
原來只不過是他不想成為壞人，
那麼你想要成全他這個願望嗎？
還是他好不好、壞不壞，
其實也是已經與你無關。
如果他以後都不會再用對等的位置，
以真誠及想要交心的態度，
來重新與你認識、一起感受與經歷，
那麼這一個人，雖然會讓你感到遺憾，
但又是否真的值得再為他這個人，
一而再耿耿於懷？

他不是害怕自己變成你眼中的壞人，
而是不想成為大部分人眼中的壞人。

50／斷崖式／不如一個陌生人

mak.tak.wing

01:29

我覺得自己連一個陌生人也不如

她說想跟我做回朋友，我不可以拒絕。她說不想再和我講電話，我不可以拒絕。她不想見面，我不可以拒絕。她不想被人發現我們曖昧過，我不可以拒絕。她想在其他人面前裝作我們沒有疏遠，我不可以拒絕。她想找我時，我不可以拒絕。她不想我關心她時，我不可以拒絕。她想我像從前一樣對她好，我不可以拒絕。她不想我要求她對我像朋友那樣尊重，我不可以拒絕。她不喜歡我第一時間點看她的限動，我不可以拒絕。她不喜歡我發太多限動，我不可以拒絕。她不想我提起以前的約定，我不可以拒絕。她不喜歡我小器吃醋，我不可以拒絕。她想我認識多點新的朋友，我不可以拒絕。她想我不要再找她，我不可以拒絕。她想我不要像陌生人那樣冷淡，我不可以拒絕……

我不知道，自己還應該去做些什麼

發送訊息……

與其說，你不可能拒絕她，
倒不如說，你已經變得太過習慣，
去讓她支配你的情緒。

或許在最初，你真的沒有選擇，
為了達到她心目中的要求，
為了保持這一份似有還無的關係，
你只能無條件接受一切，
也無視自己的真實需要和感受，
彷彿只要她找到快樂就好，只要可以滿足她的要求，
你就仍然擁有可以與她走下去的籌碼。
但日子一天一天過去，
她對你無形的限制與枷鎖，也只有變得越來越多，
你似乎仍然和她一起走下去，
其實就只是讓她可以隨時傳喚，
你們不會一起經歷與感受，
也不會有任何共同的選擇與互相尊重。
你應該知道這一個事實，只是你無法再扭轉這個困局。

如果真的感到太難受，
你也知道自己可以隨時轉身離場。
但是你也知道，當自己不會再主動，
她也不會有半點眷戀和挽留，
這段關係也就會真的完了。
你可以捨得自己難過，
卻始終無法捨得去放手，放過你自己。

或許，你不是不可以說不，
就只是不捨得，以後都不要再見。

51／斷崖式／如果關心也可以是一種冒犯

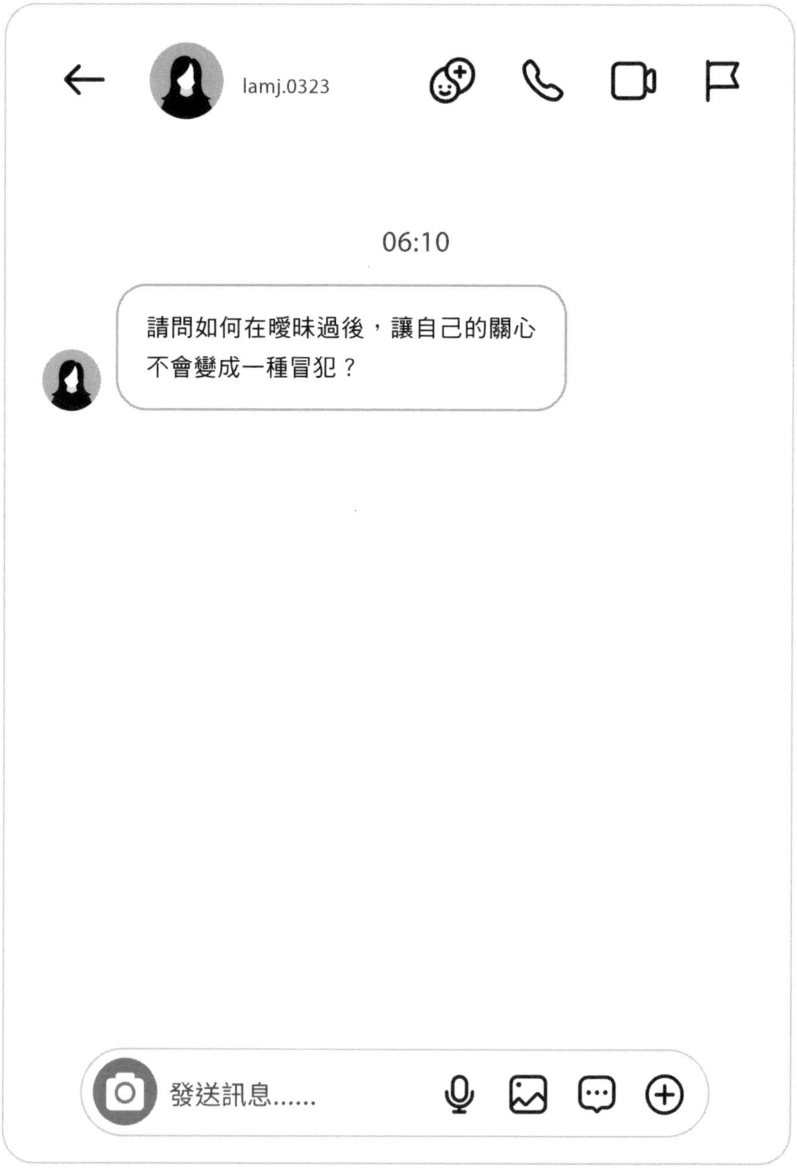

lamj.0323
06:10
請問如何在曖昧過後，讓自己的關心不會變成一種冒犯？
發送訊息……

好像有一句話，只要對方不喜歡你，
你所有的關心，都會變成厭煩與冒犯。

或許現實並不一定都這樣極端，
但在曖昧過去，當濾鏡消失了，
過去可以無往不利的溫柔體貼，
就會經過理性的審視甚至批判，
可能會去想，自己是否真的需要，
又或是會在意，有沒有越過界線，
因為他已經再沒有想要去曖昧的心情，
避免自己釋出錯誤的訊號，
還有遠離並不應份得到的好意，
是他再次面對你時會首先考慮的事情。

不同人有不同的界線。
我不認識與你曖昧過的對象，
不可能比你更清楚他的個性，
但我想最重要的，還是要懂得互相尊重，
在你不想讓他感到冒犯的同時，
也不必要讓自己變得卑微討好。
做回朋友，也是要看運氣和緣分，
別因為太想維繫一段關係，
而讓自我都失去。

不喜歡的時候，從前有過的溫柔體貼，
也可以變成不可接受的冒犯。

52／斷崖式／就只不過是沒有勇氣

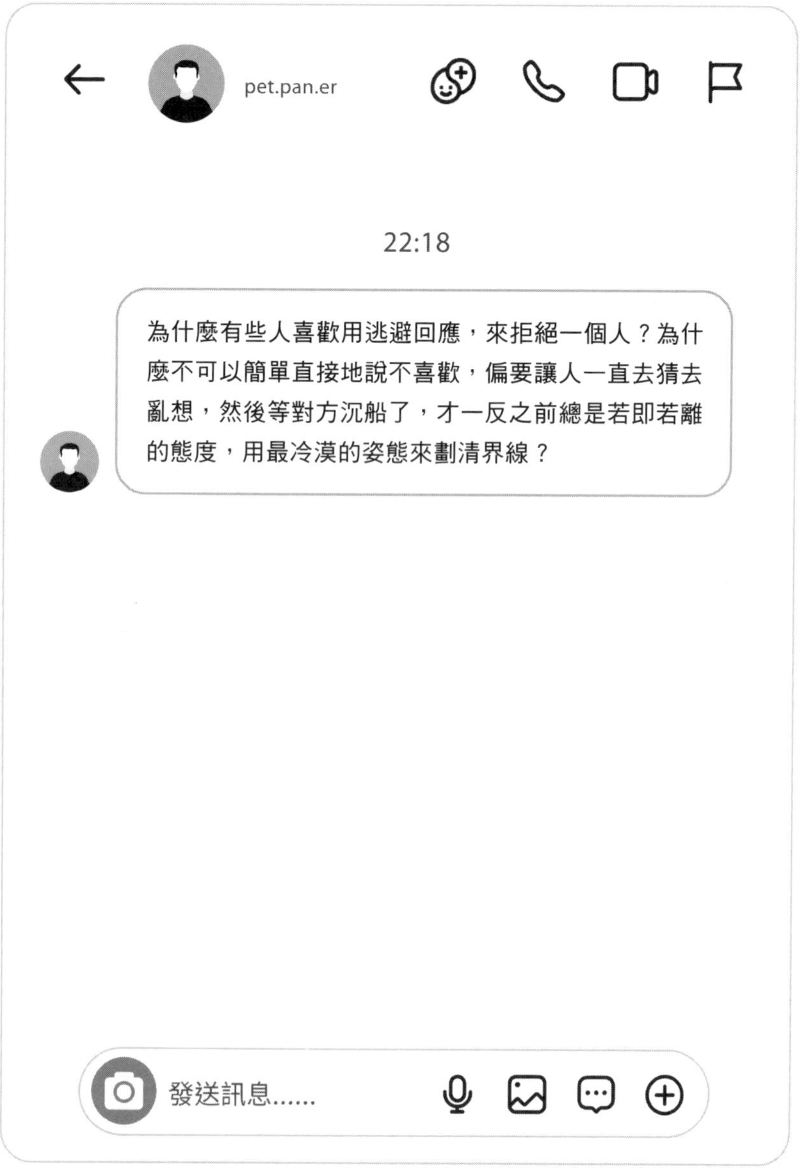
pet.pan.er
22:18
為什麼有些人喜歡用逃避回應，來拒絕一個人？為什麼不可以簡單直接地說不喜歡，偏要讓人一直去猜去亂想，然後等對方沉船了，才一反之前總是若即若離的態度，用最冷漠的姿態來劃清界線？
發送訊息……

或許是因為，拒絕一個人其實也需要勇氣，
但並不是每一個人，都有勇氣拒絕別人。

逃避是簡單直接的，而拒絕需要做準備，
也需要去面對之後各種意料之外的情況。
此外，有些人因為不想見到對方受到傷害，
或是和對方發生衝突，以為只要自己一日不拒絕對方，
那些傷害與衝突就可以延到最後，
自己仍然可以與對方繼續友好，甚至快樂地曖昧下去。

然而越是逃避，
那一種欲拒還迎、似是而非的曖昧拉扯，
有天還是會無法再承載更多的壓力。
最後揭穿真相那刻所帶來的痛苦，
往往也會讓彼此更難承受和面對。
那些一直累積的期待、溫柔與不安，
原來都只不過是單方面的入戲太深，
但是對方竟然也從來沒有直接點破，
被拒絕的一方很難不陷進，
那個不停自我懷疑和不安的情緒漩渦。
然後，拒絕人的一方，
就往往會傾向採取一個抽離乾脆的態度，
來與對方劃清界線，但對於被拒絕的一方來說，
這最初也是最後的拒絕，會像是來得太突然，
彷彿之前的一切都是虛情假意，
以後也不會再有，可以做回朋友的斡旋空間。

如果想拒絕一個人，記得請不要遲疑，
用最誠摯的方式讓對方知道，可以減少很多痛苦與尷尬。

53／斷崖式／撇清關係

10tentha

01:56

他最近交了女朋友，本來這沒什麼，只是有天我發現，他的 IG 刪了所有我和他一起合照過的貼文與限動，然後我再查看其他貼文，我也找不回之前自己留過的留言……之後有一次朋友聚會，我見到他的神情有點不自然，但我還是裝作不經意地問他，是不是刪了貼文，他就只是裝傻，然後就走開了。那天晚上，我被他封鎖了，不只是 IG，還有之前很少用的 LINE、臉書 messenger……

明確來說，我們應該有過一點曖昧，但我真的有把他當成自己的知己朋友那樣珍惜……他現在這樣封鎖我，真的讓我哭笑不得

發送訊息......

不如簡單一點想，他可能是因為有女朋友了，
所以才要急著和你劃清界線，
不想有任何機會或把柄，會令女朋友吃醋或生氣。

試想想，如果你是他現在的女朋友，
你知道在你們在一起之前，
原來他和另一個女生有過曖昧，你又會怎樣想？
很可能他現在的女朋友，
也是已經發現你這個「前曖昧對象」，
因為知道她開始在意，所以他才要一再努力避嫌，
刪合照不夠，刪限動與留言也不夠，
那完全封鎖所有社交媒體賬號，
發誓不會再和那個有曖昧過的女性往來，
這樣會顯得夠忠誠夠愛護自己的女朋友吧？
但對於曾和他曖昧的你來說，就一定會有些難受……
因為，你連獲得他向你解釋的機會也沒有。

如果可以，他找一個大家剛好碰面的場合，
就只剩下你和他時，他帶著苦笑告訴你，
最近因為自己的女朋友有點吃醋，
所以惟有暫時與你保持距離，希望你能理解與體諒……
我相信，你應該會微笑表示理解，
雖然有點刺痛，但是也會祝福這一個老朋友……
最理想的情況，當然可以很美滿。
可惜的是，我們並沒有太多如果。

或許他是有心封鎖你，又或許他是情非得已，
但無論如何，他的身旁已經再沒有其他人的位置。

54／斷崖式／只是他的自私，也是一樣真實

book.lui

18:29

有時我會想，自己是不是真的不適合去喜歡一個人，還是我還沒學懂，如何去愛

我們是遠距離曖昧，他在香港，我在台北。最初因為疫情，只能夠用 Zoom 來認識對方。那時候不敢對這段關係抱以太多期望，因為疫情不能見面，也因為他當時有女朋友，我都是抱著一種交朋友的心態來和他聊天。但有天他忽然對我說，如果可以來台北見面，那就好了。我問他是什麼意思，他卻說可以隨我想像是任何一種意思。也是從那時開始，我們的聊天變得曖昧起來。後來他跟女朋友分手了，疫情也終於完結，我訂了機票與飯店，從台北飛來香港，我們終於見面了，現在回想，那段日子的我們，真的很快樂……之後每一個月，我都會去香港探他，他偶爾也會來台北，我空出我弟弟的房間讓他借住。我試過向他暗示甚至明示，我們是不是要在一起，但我知道他始終對前任未能完全忘情，我也不想勉強他負上不情願的責任。然後我們斷斷續續地曖昧了差不多一年，其間他交過兩次女朋友，每次他都會與我斷絕來往，到分手後才會主動傳我訊息。我有說過我們不如不要再見，他總是會說可否再給他一次機會，但是每次到我想要認真發展時，他都會以逃避我來當作回答

然後到了上個月他生日，我又去香港探他，但是他堅拒不見面，我在他家樓下等了三個小時，才發現他原來又交了新的女朋友……我傳訊息問他，為什麼又要隱瞞我，他一分鐘後就直接把我封鎖，之後我們真的再沒有半點往來。是我把他逼得太緊吧？是我真的不夠資格去做他的女朋友，對嗎？之前每次戀愛，對方最後會怪我不識大體，漸漸我開始學懂如何去觀察別人的目光，在對方想要關上門之前，用我所能夠去做到的方法讓對方重新喜歡我，但是這一次，我真的不知道還可以再如何繼續下去……可能是我真的不適合和別人展開一段關係？在他最後的冷漠面前，我這些日子以來有過的喜歡與付出，其實就像一場玩笑

你對他的愛是真實的，
只是他的自私，也是一樣真實。

你不是不懂得去愛，也不是不配被愛，
就只是你遇到一個更愛他自己的人。
你可以等，你可以不開口去問，
但你不可以再讓一個不會珍惜你的人，
繼續消磨你的熱情與青春。
你其實應該也有想過，他不是真的未能放下過去，
他沒有選擇和你在一起，就只不過是因為你在台北，
不可以隨時陪在他的身邊而已。
而本來他可以向你坦誠自己的這點顧慮，
但他卻寧願選擇說謊與瞞騙，
又很自私地在失戀之後才會回來找你，
卻始終只會與你曖昧，連一個名分也不願意給……

真的，不是你不夠好，
就只是他不夠值得。
不要因為一個人的自私和懦弱，
而無止境地質疑與責備你自己。
沒有和他在一起，可能是一種遺憾，
但換個角度想，這也是上天讓你逃過一劫，
不想你與一個不夠善良的人在一起，
然後負了你一生。

或許，不是你只可以選擇和他繼續曖昧，
而是從一開始他就已經確認，不會和你在一起。

55／斷崖式／如果你喜歡的，不是一個好人

tang_.231

05:53

她是一個很重情的女生。她跟前任已經分手了兩年，但她一直對前任未能忘情。每年對方生日，她仍是會為對方準備一份禮物，會去他們以前去過的餐廳，點一份情侶套餐。她的手機鈴聲，仍然是他從前最喜歡的歌，她的右手仍會戴著對方初認識時送她的便宜手繩，她總會微微苦笑說，自己的心就是在那天被他牽走了

很多人都喜歡她的善良與純真，很慶幸，我能夠成為可以和她交心的好朋友。她有什麼心事，都會和我分享，她睡不著的時候，有時也會打電話給我。我每次都會鼓勵她，嘗試再和別人談戀愛，她總是會說她不值得別人對她好，她只要有我陪伴她，就已經足夠。但我知道，她身邊有很多人都對她很好很好，也讓她不知道如何拒絕。我就只是比較有時間，可以陪她聊天、聽她的心事，而且也不會奢求去做她的男朋友，不會讓她有半點勉強或難堪。其實她真的很好，我也有自知之明，這樣的我不可能配得上她。只要偶爾可以陪在她的身邊，去她想去的地方，帶她吃好吃的美食，對她好、哄她笑，我都會心甘情願。總有天，她會找到其他對她更好的人，她到時不會再需要我陪在她的身邊，我也會樂意去讓出這個位置，就只望她最後選到的人，是她真正喜歡的、也會真正愛她，不會讓她有半點委屈，她也不會再需要我的陪伴與安慰……她真的找到幸福快樂，就好

不如想想，
你所認真愛著的這一個人，
其實並沒有你想像中，
那麼好……

願你的心，
可以找回屬於你的自由。

如果她真的情深一往，
而如果你也真的可以不求回報，
這個世界一定會簡單很多。

解咒第六章・愛不得

/

明知道不可以去愛
也明知道最後會受傷
但有時還是會忍不住回望

56／愛不得／在乎你的實際意義

ching623628
00:36
他說，我現在不想談戀愛，但我很在乎你……
請問這種情況，可以如何解決？
在乎是可以用來吃嗎？
發送訊息......

第一點，你現在是與他在曖昧嗎，
還是你們什麼都沒有發生，只是以朋友的形式交往？
第二點，我假設你應該對他有一定的好感甚至喜歡，
而現在你是知道，他並不想談戀愛，
那麼你又是否可以接受，
以朋友的身分，和他發展成更親密的非戀人關係？
你又是否真的滿足，他的「在乎」，
他不會為你正名的親近、溫柔、冷漠與退卻？

請記得，因為不會確定身分，也不會有堅實的承諾，
所以如果繼續與這個人交往下去，
你就要有一種隨時會失去他的心理準備，
即使你之後會為他付出多少真心與感情也好，
他應該也會認為自己不一定要負責，
或是假裝已經苦苦思量但最後只能選擇離你而去，
而在你面對這樣的結局之前，
你的情緒你的生活甚至你的經濟狀況，
是否真的可以容許你承受更多折騰……
你可以一往情深，不顧一切，
但下決定之前，請好好全盤認真思考一次，
將來就算後悔，也不會讓自己太痛。

在乎不等於承諾，但有多少人，
會因為對方輕輕一句在乎，而一再陷得更深。

57／愛不得／你們聊得比另一半還要多

katrina_zero

22:55

如果有天你發現，你和一個異性朋友平時聊短訊，訊息的數量與頻密程度，比起他和女朋友聊的數量次數多出很多很多……有時還要聊到很晚很晚，你會覺得，這個朋友是對你有意思嗎？

發送訊息......

如果他本身已經有女朋友，
而他依然有空和你傳很多很多的訊息，
先不論他對你有沒有意思，
但我們可以肯定，他一定是一個很有空的男人，
有空到他可以放下工作、放下最愛的女朋友，
對著手機與別人無休止地聊天，
甚至不怕讓對方知道，
自己和女朋友已經開始無話可說，
讓對方將這一點放在心裡比較，
由得她去自行判斷她在男人心裡的實際位置，
是不是已經比他的女朋友還要高……

還是那一句，
訊息溝通往來真的可以很方便，
方便讓感情發展，也方便讓關係終結。
聊上千萬個訊息，有時也可以不等於什麼，
甚至也比不上一次面對面的真實交往那樣難忘深刻。
他對你是否有意、是否認真，
請以他在手機以外的其他行為來作出判斷。
你也應該好好去問問自己，
如果你選擇繼續與他來往下去，
你想在這一個他身上，
得到一些什麼，不想最後會得到什麼。

傳上千萬個訊息，都比不上一次面對面的約會，
一聲認真熱切的「我喜歡你」、「我只想跟你在一起」。

58／愛不得／後補

raymondlam101

00:16

最近公司來了一個新的女同事，本來我們在不同部門工作，但因為一次公司聯誼，我們漸漸變得熟絡起來，會經常一起約吃午飯，假期時也有去看過兩次電影。她在外面本身有一個拍了兩年拖的男朋友，她有時也會跟我分享關於他們的感情問題，例如是他不夠細心、在外面時常認識女生等等。我知道其實不應該趁虛而入，但在不知不覺間我們也慢慢變成有點曖昧，她有時會挽我的手、倚在我的肩膊上，只是每當我想更進一步，她會輕輕推開我，或是更先一步就避開。只是和她在一起的時候，也真的很開心……你認為，我應該繼續這樣曖昧下去嗎？

還是不要吧……

發送訊息……

如果有天你發現，她只是想在你的身上，
尋找一些男朋友無法給予的一些感覺，
而除此之外，你是無論如何都無法取代她的男朋友，
你只可以繼續留在這一個恍如後備的位置……

到時候，你會甘願嗎？

如果你現在會回答，我不甘願得到這個結局，
我現在會立即下定決心，不會再和她往來，
那我會祝福你，早日找到另一個心中所愛。

但如果你回答，不一定會得到這個結局吧，
可能有天她會跟男朋友分手呢？
又可能我們可以繼續做一對有點曖昧的好朋友啊？
事情不一定會如你所說的那樣消極可悲，
真的會發生的時候，我也一定可以立即明智決定抽身……

那我也會祝你好運，
但願你得到快樂的時候，會比苦澀多。

曖昧是一回事，但去做某一個誰的替身，
而那一個誰仍然是會出場的主角，就是另一回事。

59／愛不得／不要讓人知道的曖昧

chenfongw
03:37
我和他最近在曖昧，但我也很明確感覺得到，他不想讓任何人知道我們曖昧……請問我可以相信這個男生嗎？
發送訊息……

首先要知道，
他為什麼不想讓任何人知道？
如果他一天都無法向你好好說清楚，
一個真的可以讓人確信、
而你也可以諒解的原因或苦衷，
那我建議，你也別要對這一份曖昧，
投放太多的心力與認真。

不論是不是曖昧也好，
信任始終是一段關係的基石，
而不是單方面的包容與期待。
當你發現對方不願公開這段關係，
這本身就值得你細心思考和警醒。
你可以問自己，你願意在一段模糊不清，
甚至可能被隱藏的關係中，投入多少真心和時間？
這樣恍如地下情的曖昧，會不會漸漸讓你失去自我，
甚至一再消磨你的熱情與耐心？

如果他只是害怕責任，
只是對這段感情尚未準備好，
又或是，他只想保留自由與空間，
不想因為曖昧曝光而感受壓力……
那你可以告訴他，何必要去曖昧，
宅在家裡打手遊，一定會更自在。

最怕的是，你不會讓任何人發現我們有過曖昧，
而我卻為了想得到你的證明，消耗所有的熱情與耐心。

60／愛不得／是你做得不夠好嗎？

roy.yor.013

23:11

在她面前，我總是會覺得，自己做得不夠好

可能是因為她是比較迴避的類型，我對她做些什麼都好，她都不會太明確地表示喜歡或不喜歡。當初我其實也是被她的這種個性所吸引，她不喜歡太快為一件事情作定論，會嘗試用心去感受或聆聽別人的想法與感受。只是在我和她開始曖昧時，我總是會陷進一種，是不是自己不夠好的思維裡……還是我太急於想要去證明這段關係呢？我們已經曖昧大約半年，有時朋友問我是不是在戀愛（因為他們會看到我經常在傳訊息），但漸漸我都不想再回答

我知道不應該給她太多壓力，所以一直以來，我就只問過一次她想不想和我在一起。那一次她沒有回答，之後有兩天也沒有理睬我，自此之後我就不再問她這個問題。我以為自己只要再努力一點，用行動去證明我對這份感情的認真和誠意，總有一天可以打動到她。只是到了近來，她開始對我有點愛理不理，偶爾見面的時候，也可以感覺到她的淡然與疲累，我想，這份曖昧也是到了要完結的時候吧？

但是我真的很喜歡她

或許你可以試試學習，不要想著去為她做對什麼，
而是去思考，如何在她可以接受的方式裡，
陪伴她再久一點。

當你越是想要證明，
你有多喜歡她，你可以對她有多好，
可能會為她帶來一點無形的壓力。
並不是你這樣做真的不對，
但她是否會因而生出不好的感受，卻是值得思考。
所以真的不妨去試試，不要太刻意去證明或說明，
用一種比較像朋友的方式，讓自己留下來，
讓她有更多機會可以感受到你的陪伴，
這樣其實就已經足夠。

最後，或許，
你其實已經在做著類似的事情，
無論如何，希望你也要適時去照顧一下，
你自己的感受與需要。
愛一個人並不只是一直的付出和等待，
也要學習尊重彼此的節奏，要懂得在疲憊的時候，
讓自己稍停下來，去思考自己還想要追求什麼，
在這過程中是否有找到更好的自己、
更好的目標與未來。
老生常談，要愛人，也要好好愛自己。

或許，有時候並不是你不夠好，
而是你不需要太用力去證明，你的好。

61／愛不得／沒有名分地走下去

jess803122

03:13

他總是說，愛一個人，不一定要在一起。

他以前喜歡過一個人，對方在英國留學，他們遠距離戀愛三年，感情也可以很穩定，最後反而是那個女生從英國學成歸來後，因為多了見面多了爭吵才分手。自此之後他就很相信，「喜歡不一定要在一起」這個說法，什麼單戀一個人也可以很好，當朋友可以更漫長……

我不完全認同他的這些想法，只是有時也會覺得，如果我喜歡他，似乎就只可以用這種心態來維持這個關係……是不是真的有人可以這樣子，沒有名分，但可以繼續一起走下去？

發送訊息……

有些人可以沒有名分，但仍會一起走下去。
最重要的是，這兩個人是否都能夠坦然接受，
這種「無名分」的狀態。

但理想是一回事，能否真的做到是另一回事。
他說以前試過和前女友遠距離戀愛三年，
所以才會相信什麼「喜歡不一定要在一起」，
但怎樣也好，他與當時的女朋友，
也是有認真確認過彼此的身分，
而不是什麼沒有名分的在一起啊？
這算不算是偷換概念？

就退後一步，我們當他不是有心去騙你好了。
只是他自己又是否真的可以接受，
不帶名分的在一起？
除了和前女友的那次遠距離經驗，
他又有沒有和其他人發展過類似的關係？
到時候，你也好他也好，都必須先要去問自己，
是否真的能夠承受這種沒有明確承諾的關係。
如果有天，他看到你與其他男生有一些親密互動，
他自己會不會先生氣或吃醋呢？
然後無法再忍受以這一種形式繼續走下去？
我覺得，你應該找個時間，
好好和他討論一下，找到最基本的共識，
才去想要不要真的沒名分走下去。

你們可以不帶名分，陪對方繼續曖昧下去，
只是除了名分，你們又是否就不會再有其他顧慮？

62／愛不得／相處不來

hungkaryi

01:45

曖昧的時候，真的很甜蜜開心。只是當要一起處理公事或人際關係時，他很容易就會讓情緒主導，有時甚至會不留情面地罵人、貶低對方，或是不願意一起討論、解決問題……但他每次又總會回來哄回我、說盡所有道歉的話，只是我的情緒也漸漸很容易受到他的影響，有時真的覺得好累……請問有沒有一些方法，可以讓他不再時常發脾氣呢？

發送訊息……

可以曖昧的人，
不一定也可以在其他關係裡，走得順遂。
即使這兩個人走在一起，成為情侶，
但如果彼此的性格、價值觀、思考與處事方式、
學歷、成長環境、家庭文化，甚至宗教信仰等方面，
始終未能真正相容甚至互相衝突，
那麼這兩個人，即使在最初有多喜歡對方也好，
到最後還是會漸漸不能夠一起走下去。

他的脾氣和不願意溝通，
反映的不僅是性格問題，背後可能也揭示出，
他對壓力的無力感，又或是在情緒管理方面遇到困難。
這種情況，並非單靠你一個人的努力或勸慰，
就能夠完全改變，最重要還是他自身的意願，
是不是真的想要改善或成長。

你可以嘗試繼續陪伴，
慢慢地靜靜地和他分享你的感受，
同時也要學會為自己設下底線，當他情緒爆發時，
可以選擇暫時抽離，給彼此一點冷靜的空間，
而不是立刻與他投入消耗情緒的爭吵之中。
但當有天你真的感到力竭筋疲，想要放手，
也請記得不要太過自責。
善待自己，才會知道之後如何走下去。

就算再喜歡，曾經再曖昧，
如果始終相處不來，也是無法好好走下去。

63／愛不得／如果他只會刻意誤解你

ww.wong.zee

21:12

我們已經曖昧了快一年，但是我想，我們不可以再這樣曖昧下去了。不是因為不再喜歡，不是因為他有其他喜歡的人，不是因為他欺騙說謊，而是因為覺得，我和他的隔閡越來越大。就算我有多想要和他溝通，但他就是會先入為主地不想了解，會認定是我自己想得太多、不夠成熟，又會覺得是我有太多要求、太想要束縛管控他，但我其實就只不過希望他可以守時、記得我們約定過的事，但他就會認為我越界了，想要以他另一半的名義自居……我都不知道應不應該再為他這樣的想法而生氣。雖然這些日子以來，我們也曾經有過快樂的時光……如果我現在開始不再和他往來，他會覺得我很不負責任嗎？

他應該會吧，以他的性格，一定會

發送訊息……

如果他總是會將你的合理期望，
故意解讀為你想束縛他或控制他，
另外一些人與人之間最基本的互相尊重，
例如守時、不會失約等等，
他都可以一再忽略或漠視，
將你真實的感受與需要，
刻意降到不需要去顧念的位置，
甚至故意放棄再與你真誠溝通，
尋找屬於你們的節奏與共識……

好吧，你都知道，
自己應該要放棄再與他往來，
或者你現在應該要想，當你真的不再理會他，
他會不會覺得你很不負責任？
不用想都知道，當然會啊！
他之前已經很習慣，將你們相處時遇到的問題，
通通都當成是你的問題，
那麼如果有天他很介意你們沒有再往來時，
按照他之前的個性，他一定會首先怪你不辭而別，
或是批評你總是喜歡想得太多、自尋煩惱……

嗯，請記得，
不能夠成為情人，也不能夠委屈自己，
勉強去做一個繼續迷戀他的配角。

如果他已經放棄去理解你，
那麼繼續曖昧下去，
又可以再換到多一分心跳嗎？

64／愛不得／他總是會對你說女友不好

.023chu032.

04:23

他常常都會跟我講，他的女朋友有什麼不好，彷彿已經無法再好好愛下去了，但是他又不會跟女朋友分手……我告訴他，我可以給他想要的愛，只要他想，我就可以立即跑到他的身邊，但他總是會跟我說，我值得更好的人……其實我從來沒有遇過，像他對我這麼好的男人，只是有時也會覺得，我再這樣和他曖昧下去，也是無法看得見我們的未來……

我應該離開他嗎，還是應該繼續堅守下去，直到他和女朋友分手？

發送訊息……

他和現在的女朋友感情不好，
然後他會向你這個曖昧對象細數，
女朋友有什麼不好……
我覺得他的女朋友，真的很慘。

他覺得自己跟女朋友，
彷彿無法再愛下去了，
但是又始終沒有和女朋友分手。
他將這些感受告訴會和他曖昧的你，
博取你的同情、關心和體溫，
但是當你提出你可以給他更好的愛，
他卻立即退卻起來，並說你值得更好的人，
原因很簡單，他並不是真的需要感情或心靈上的圓滿，
其實他就只是貪圖曖昧的溫柔甜蜜與刺激快感，
純粹就只是慾望上的渴求需要得到滿足，
你給他太心靈上的東西，他反而會被嚇怕，
因為他知道自己負荷不來，他並不需要更深刻的愛。
那些女朋友對他不好、無法愛下去的可憐說詞，
也可以只是一種包裝與手段，
是不是真有其事並不重要，有人相信就已經足夠。

所以……
是時候要清醒了。

他說你值得更好，可他從沒打算，
去為你成為那個更好的人。

65／愛不得／似有還無的動魄驚心

cheng.9030

21:08

她是我朋友的另一半。我和她開始曖昧的時候，當時我也有女朋友。到現在我也不能夠確定，最初我們是為什麼會開始曖昧的，只知道，當我們另一半都不在身邊的時候，對方就是自己最想要去親近的人，彷彿有一種責任或期許，要陪在對方身旁，會好想和她同悲同喜……我不知道她是否也跟我一樣，會有這種想法與感覺，但一直以來，我和她之間都有著這種沒有言明的默契，只要知道對方感到寂寞、遇到不快樂的時候，就會想要給予對方關心、想要讓對方化悲為喜，會好想跟對方分享自己的快樂與難受，會好想讓對方也感受得到自己的每一種情緒，即使我們就只是朋友的關係，即使我們本來各自都有著另一半

最近，女朋友似乎開始在意，我和她這種微妙的互動。但因為我們沒有實質上的任何行為，女朋友生悶氣了一會兒，也沒有再對我說些什麼。但是我知道，這種精神上的曖昧，其實是不應該繼續下去。有一次和她碰到面，我告訴她這些想法，她苦笑了一下，問我為什麼要對她說這些事情，然後就沒有再和我談下去。之後可以明顯感覺得到，她對我的態度比之前更像一個陌生人。我對自己說這樣也好，只是偶爾看到她眼裡的寂寞目光，還是會讓我感到有點兒刺痛

有時候，我們會在一個不太對的時候，
遇見一個讓自己心動的人。
你們未必有過任何行動，但你們可能會有一點心靈互通，
彷彿在那個環境裡，只有她最懂你，
彷彿在彼此最孤單、最無力的時候，
因為有著對方的出現，你才會找到一個片刻喘息的空間。

然而，當你開始思考這樣的心靈互通，
對身邊的人會帶來什麼影響時，
這其實代表你已經知道，這一段似有還無的關係，
其實正在傷害他人，也開始傷害你們自己。
即使你們實際上，什麼都沒有發生過。

或許換一個場合，你們不是現在的你們，
彼此可以用一個更純粹的朋友身分，
來開始這樣的心靈互通，
這一個故事，相信應該可以迎來更美好的結局。
但你和她都知道，事已至此，
你們也不可能重頭再來。
將來你或許還是會情不自禁地一再回望。
那一抹苦笑，那些欲言又止，其實埋藏著什麼意思，
即使你們可能都已經不會再見了。
你喜歡過她，她喜歡過你，
月晴月缺，就是如此而已。

幸運是，
在最孤單的時候，你們重新遇見對方，
有過最溫柔的共振，然後再沒有然後。

66／愛不得／如果你遇到一個好愛好愛的人

aki.huiiiiiii

03:58

我已經結婚五年，也有兩個小朋友。

他是我工作上的前輩，後來雖然不在同一家公司，但我們偶爾還是會約出來敘舊，一起吃晚飯，或駕車去海邊聊聊工作上的苦與樂。他本身也有結婚，有一個六歲大的小朋友，只是跟太太的相處並不太好，因此有時他會跟我吐苦水。然後在一個星期五的晚上，我們聊著聊著，就互相擁抱起來……雖然就只是很短暫，但從那天開始，我知道我們已經不再是純粹的朋友、同事關係。他有說過打算和太太離婚，我跟先生的感情也越來越淡泊，只是我不知道這樣的想法是不是真的應該……我知道這不是一個可以背叛先生、讓孩子失望的理由，我也不敢想像如果和先生離婚後，孩子之後的成長會有如何嚴重的影響。我和他仍然會見面，但是我很努力不再讓自己有半點越界……請問你覺得我應該和他繼續往來嗎？

發送訊息......

我想，如果我告訴你，
不要再想更多了，這個人不值得你放開一切，
去為他付出更多時間與心血，
你應該好好珍惜家庭，用心照顧仍在成長的孩子，
重新建立及累積你與先生的感情和回憶，
將來你一定不會後悔……

你應該不會聽得進去吧。

我知道，你的負擔有多重，
你的寂寞有多深，你的感受有多重要。
你想要被理解，想要重新開始，
而現在出現一個難得的機會，一個應該留住的人，
自己又怎可以輕易放手及錯過……
嗯，我真的都明白。
因為這些年來，我已經聽過太多太多遍。

所以……就只希望你偶爾記得提醒自己，
除了如今眼前出現的這一位新對象，
你也可以試試從明天開始，
去為自己尋找一些新的興趣與嗜好，
一點一點去開拓，你想要擁有的理想人生。
人生還很長，走下去才會知道究竟。

最怕的是，當你已經成家立室，
你才遇到一個好愛好愛的人，
然後你開始想要拋開，努力建立過的一切。

解咒第七章・斬不斷

/

你有聽說過嗎，有些曖昧關係
是真的需要經過徹底地斷絕往來
這兩個人才真的可以放過彼此
有力氣再去重新開始

67／斬不斷／不會和你在一起的好

joey.tang.joey

07:26

我們不會再曖昧了，又或者從頭到尾都只是我單方面對他曖昧……他現在已經有喜歡的人，只是他依然會對我很好，有時會好到，我會以為我們仍然在曖昧……然後我也越來越難將他真正放下。請問有什麼方法，可以讓我離開這個仍會對我太好的人？

發送訊息……

離開一個仍然會對你好，
但心已不屬於你的人，
最難的並不是割捨，而是願意認清楚，
那一份溫柔，不再是為你而留。

他對你好，
也許是習慣，也許是歉意，
又甚至是什麼都不是，
連他自己也無法分清楚。
可這樣的好，彷彿不會刺傷你，
卻會慢慢耗盡你的期待。
你不是放不下他，
而是放不下那個在他的溫柔裡，
曾經相信他還會喜歡你的那個自己。

要離開這種溫柔，除了斷聯，
也應該要學會看清楚，
你真正期待想得到的，並不是他的這一種好，
而你們是早就已經知道，你這個心願，
他是不可能真正滿足到你。
因此他的好，不再意味著你們還有可能，
你的期待甚至熱切，也不再值得為他消耗。

不要只去念記，他的好所帶給你的溫暖，
也要去提醒自己，每一次他對你好之後，
那些只有你一個人承受的失望。

68／斬不斷／他說他把你當妹妹

0323.yumiko

06:56

他有女朋友了，但他還是會讓我找到。以前和別人曖昧，通常到最後，不是在一起，就是會失聯。但很奇怪地，這一次他沒有和我斷絕往來，他仍然會和我去逛街，會傳我訊息，即使他都知道我是已經發現他交了女朋友，我也對他說過不要再像之前那樣不明不白下去了，但他就像是沒有在意一樣，仍然會對噓寒問暖，仍然會像從前那樣摸我的頭、送我回家。我跟他說，你應該要有邊界感，他卻回我，他已經把我當妹妹，他的女朋友也不會介意……真的有這麼白目的人嗎？為什麼我沉船的人，偏偏是他……

發送訊息……

有些人就是這樣白目，
不是因為他不懂分寸，而是他刻意選擇不去注意。
他不是真不懂邊界，而是明知道你還放不下，
所以才敢去繼續模糊和越過那些界線。

因為你的在場，剛好可以填補他的寂寞，
於是他繼續用最擅長的方式，
對你好，也對你保留一點距離，
不會真正放手，也不會讓你真的離開，
不可能走近，但又可以操控……

你其實應該明白，
這不是溫柔，就只不過是自私而已。
他還說你像妹妹，
那是最輕描淡寫，卻最殘忍的話。

他說你像妹妹，但其實就只是想為自己保留，
可以繼續越界的餘地，還有不讓你越界的枷鎖。

69／斬不斷／救生圈

nic.cheung.8

05:18

不知從何時開始，我們的關係變成，每當她失戀了，她就會回來找我

我們曾經有過一段曖昧，只是當時她選擇了當時的男朋友，之後她也斷絕了聯絡。這本來也沒什麼，我也知道有些感情不可以強求。只是兩個月後，聽說她和男朋友分手了，有天晚上她解封了我的 IG，我們聊了幾個晚上，之後約出來見面，我們的關係又開始曖昧不明起來。我以為，她是想看看可不可以和我重新開始，但一星期後，她突然又和另一個人在一起……之後，又再被她斷聯了三個月，直到她分手或失戀，我們又回再次回復曖昧狀態。有時我會覺得，自己像是一個救生圈，陪她度過空窗期，有一次我問她，為什麼我們不可以認真在一起，但是她說她不會把我放在男朋友的選擇之列裡，我說不明白她的意思，她也沒有再解釋。是因為我不夠好嗎？有時從其他朋友口中得知，她的那些前任大概是怎樣的人，有些對她其實也不太好，與她也不太相襯，但她偏偏就選擇了他們，而我就像是一個備胎。然後我們這樣斷斷續續地曖昧了接近兩年……我也變得不想再跟其他人發展。有一個好朋友跟我說，我應該不要再見她，但是實行時我卻發現原來很難，我不捨得，她也總會有方法找到我，感覺就像是你寫的故事一樣。或許有天我可以狠心不再理會她？又或許有天她會首先不再來找我？我也不知道……現在我仍然在跟她曖昧，有時我也覺得自己是不是已經變得麻木了

救生圈也應該要重視，
自己的尊嚴與真正價值。

她在你身上尋求安全感，
但這種斷斷續續的曖昧，
會讓你活在一種不被真正看見、
不被認真對待的狀態裡。
或許你會覺得，當她還會回來找你，
這就可以突顯出你的存在價值；
問題是她看到的，是你的功能，
而不是看到真正的你。
因此你越是她在身邊徘徊，
你就越會渴求，得到她真心的認定。

你問自己是不是不夠好，其實不是你不夠好，
就只是她的心早已飄向別處，
她還沒找到真正屬於自己的方向。
她的反覆與模糊，也只會繼續讓你抓不住，
然後終會讓你耗盡所有力氣。
而你真的會是她眼裡的唯一嗎？
就算不會成為她的男朋友，
你又會是她不可割捨的唯一救生圈嗎？

她看到的是你的功能，而不是看到真正的你。
你越是她在身邊徘徊，你就越會渴求得到她的真心認定。

70／斬不斷／Move on？

eva._.2051

04:33

他時常都會跟我說，應該要 move on，要對自己好一點。問題是，他就是那個最令我無法 move on 的人。偶爾他會回來找我，好像對我很好，但那些行為其實也同時在傷害我。這天跟我說要拒絕其他人的曖昧行為，第二天又會借故抱我摸我捏我的臉，然後早上晚上傳訊息跟我說早安晚安，但又會有一段時間完全消失不聞不問。而最難明的是，我問他當我是什麼，他竟然會說連他自己也不知道，然後反而怪我為什麼還要對他有太多不切實際的期待……我知道應該無謂再與他糾纏，也知道真的要 move on，但我開始懷疑，他說的 move on，是不是其實要我不要再執著他的各種不對？

不停叫人 move on，是在上心靈課程嗎？

發送訊息……

其實你也開始找到真正的答案了。

他用忽冷忽熱的行為，
一面給你希望，一面又讓你陷在失望裡，
與其說這是對你好，不如說這是一場拉鋸。

他說自己不知道當你是什麼，
卻怪你有不切實際的期待，
這其實是轉移責任的表現。
因此，他讓你「move on」的意思，
很可能是要你放棄對他的期望和感情，
並想你去接受他給你的忽冷忽熱與不確定。
這種「放下」，不是為你好的成全，
而是讓你只能繼續默默承受他的不負責任。

如果真的想放你走，
就應該照著字面的意思，
放開手，向前行，別要再回頭。

有時言語文字未必能夠反映真實，
想真正認識一個人，還是要看他實際上做過什麼。

71／斬不斷／辦公室曖昧

ohama_cy

00:16

辦公室不應該談戀愛，以前我不信，現在我信了

我們是同事，曖昧過，全公司都幾乎知道，怎知她竟然也同時跟另一個同事 A 在偷偷曖昧，最後更在一起了，我還是差不多最後一個才知道。最初我真的不知道應該如何面對他們，我與同事 A 也由本來會閒聊說笑變成無話可說，而最尷尬的是，我們的工作平日本身就有不少往來，每次見到面，就算我想板著臉，但還是要好好回答她的說話，之後我又要努力平復自己內心情緒，而最難受的是，我每天都會在公司裡看到他們出雙入對，日子有功，我開始練成總是帶著微笑但是其實不想微笑的臉，可是我真的無法再開心起來

後來，同事 A 離職了，也和她分手了。有天她忽然主動來約我吃午飯，還問我是否仍然要繼續生她的氣，我心軟了，然後重新和她再交好起來。有時她會跟我說，自己喜歡了哪個部門的男同事，又或是在外面認識了新男朋友，我不知道這是不是她刻意為我們之間劃下的界線，但是我也真的不想再因為她而受傷更多，努力去做她的同事與普通朋友。不知道她是否也感應到我的想法，有一段時間她真的對我很不錯，至少有做到朋友之間的尊重，我們真的什麼事情都可以談，直到她又突然與公司的一個男同事變成男女朋友，我又是回到公司上班的時候才發現到

這次我下了決心，向上司交了辭職信。她知道後就問我，為什麼要這樣做，真的有必要嗎？我不知道應該如何回答。其實她沒有做錯什麼，就只是我從來都無法真正做到平常心，是我自己太小器了，是嗎？

嗯，這一種情況，
真的會很讓人困倦痛苦。
如果我是你，可能最後也會選擇離職，
因為有些關係，有時真的需要完全的切割斷開，
才可以真正放過彼此，讓自己再去重新開始。
辭職並不是逃避，
而是你為自己重新定下界線，
希望去保護那個傷痕累累、
但仍然渴望內心平靜的自己。
如果你還繼續留在那個環境裡，
每天每夜在那種複雜的情緒與關係中忍耐下去，
那才是真正的苦難，甚至可以說是自討苦吃。

希望你之前都有儲蓄的習慣，
然後可以早點找到合適的新工作。
不要責怪自己小器了，
也不要再勉強自己做到平常心。
有些傷害，不是用理智就能簡單化解，
退一步雖然未必可以海闊天空，
但也是時候，讓自己重新去過一些好日子了。

有些關係，有時真的需要完全的切割斷開，
才可以真正放過彼此，讓自己再去重新開始。

72／斬不斷／在變成怨偶之前

06123jessica

02:43

其實，我和他是兩個世界的人。會相識相遇，就只是一場巧合，會曖昧心跳，也只是一時誤會。我們有很多事情都有很不同的看法，有著不同的立場，勉強去包容理解對方，也只會讓彼此更加困倦，倒不如不要有太深入的往來，淡淡交會過，對彼此都反而更好。但是他並不想這樣，有時他會認為，是我不夠決心去改變，他卻沒想過，很多事情不是說改變就可以改變，例如我們在不同的城市工作，例如我們的身分差距，真的很難長久維繫一段感情關係。漸漸我們見面，有時會變成爭吵收場，連簡單地吃完一頓晚飯也做不到。我知道這不是誰對誰錯的問題，現實就是這樣無奈，我以為只要不認真去發展成戀愛關係，那一點快樂就可以延續下去，但看來是我自己單方面想得太理想。我應該要放開他，不要浪費他的熱情與時間，這樣才是對他最好

發送訊息......

有些距離和差異，
真的並不是只靠意志與感覺，
就能夠跨越得了。
愛情可不可以發生、會不會延續，
不是看我們如何不斷改變自己、
將自己變得更好更接近極限，
而是兩顆心，可以剛好相依相襯。

如果你真的想放開他，
那麼早一點向他剖白你自己的想法，
讓大家可以有足夠的空間與準備，
去放開對方、放過自己，也是好的。
如果彼此的目標始終不會一樣，
始終不會得到共識，
再繼續不明不白地曖昧下去，
不是陷得更深不能自拔，
就是會漸漸變成一對怨偶，
到時真的再無法輕易割捨分開，
但是也只剩下摩擦和疲憊，
不會再記得彼此最初還會喜悅的模樣。

如果越是用力堅持，也只會找到更多摩擦和疲憊，
那不如想想是否還要這樣用力，還要繼續堅持下去。

73／斬不斷／當你們各自有喜歡的人

kaywong_mm

06:07

我與 C 都各自有喜歡的對象，C 有一個追了兩年的女生，我也暗戀了一個男生一年時間。在最初，我與 C 就只是很平常的普通朋友。有時我會教他怎樣去追求他的女神，他也一直在工作上幫忙我很多。因為知道大家都心有所屬，所以我們都會很放心告訴對方自己的心事與秘密，他也是一個很稱職的好朋友。只是有些感情原來是會不知不覺。我生日時，他會很隆重地和我慶祝，雖然他會解釋是看我可憐，才陪我一起過。他每次表白失敗，我都會陪他去看海去散心，有時我會想，我應該是他心裡最依賴信任的人吧，但自己又忍不住想要去求證，我在他心裡的真正位置。每次知道他找其他朋友散心、他與其他女生去看電影，心裡那個天秤就會失去平衡，好想讓他知道我的感覺，好想他變得比以前更在意我，但是當他陪在我身邊的時候，我又會覺得，其實自己並不是真的那麼喜歡他、想要和他在一起，只要我們可以仍然結伴同行，也就已經很足夠……只是我心底還是會害怕，有天他真的與另一個人在一起，我們這種互動是否就會從此完結……我有想過向他坦白一切，但實在不知道應該如何告訴他知道

發送訊息......

首先問一問自己，
對於 C，還有你本身暗戀的那個男生，
你真正喜歡的是哪一個？

在他的角度，他可能會以為，
你仍然暗戀那個女生，你已經心有所屬，
所以他就繼續將你放在好朋友的位置，
對你好，和你分享心事，
但由於你們不是彼此的唯一，
也以為你們不會是對方心裡的首席，
因此，他也會和其他朋友分享心事，
會約其他女性朋友散心，
其實……這是很自然不過的事。

所以，在你想要求證，
你自己在他心裡的真正位置時，
你也該去問問自己，他在你自己心裡，
現在的真正排名。
如果你已經不再迷戀之前那個暗戀對象，
也應該找個機會，好好向 C 剖白心聲，
等他開始意識到，你心裡甚至身旁，
再沒有其他可以比他更重視在意的人，
這樣你們才有可能，重新朝著愛情的方向發展。

想知道自己在對方內心的真正排名之前，
記得也應該要好好釐清，他對你來說其實有多重要。

74／斬不斷／教授 1

luri.082

05:29

我今年 23 歲，大學生。我喜歡的人是一名教授，他人很好，很受大家歡迎。他本身已經結婚，有一個孩子。我和他每次見面，都會約在他太太要出國工作的時候，我會上他的家，為他做晚餐，做所有情侶都會做的事，但是我也知道自己已經得到太多，因此我從來不會要求他給我任何名分，就只需要偶爾可以緊緊擁抱對方，就已經足夠。

畢業後，離開了校園，我交了男朋友，只是偶爾我仍是會和教授見面，他總是會說不捨得放我走，但我們又深知道，我們是不可能在一起的。不知道是不是因為這個原因，越是不可能，這份感情反而變得越難割捨，我們試過瞞著所有人一起去旅行，留下太多其實不應該留下的合照與記號，比真正的情侶要更加深刻認真，可是當回到我們所住的城市，我們各自都有要好好承擔的身分與責任，他要做回他的好老公、讓人尊敬的教授，我又怎可以因為自己的任性而破壞他辛苦建立的一切。我跟他說，我們不如不要再見了，但他總是不捨得。我不回覆他的訊息，他就借故到我工作地點附近來等我，我真的很難做到對他無情……

如果你是我，你會怎樣做？

他迷戀的，
是你的青春，你的肉體，
你迷戀的，又是什麼？

其實你也真的知道，
這段關係，是不應該，也不長久。
或許你們曾經溫暖過對方，
但這個故事，始終不會得到其他人的祝福，
始終不可以手牽手，一起走向光明的未來。
而你是否又真的可以甘願如此下去，
真的能夠繼續承受更多無奈、不安與苦澀，
一直滿足於這一種不見得光的關係？

或許最初你可以，
但我怕漸漸你不可以，
然後你再也沒有力氣與決心離開。
如果你一直是抱著沒有太認真的心態，
可以隨時決斷轉身放手，
那應該沒有人可以太傷害到你。
不過你給我的感覺，像是已經太用情……

他應該有著一些，
其他人不可取代、你真的無法割捨的好，
才會因此讓你一直迷戀，甚至重蹈覆轍。
就只望你偶爾懂得去提醒自己，
你現在還擁有什麼，還可以去珍惜什麼。

或許最初你可以清醒，但最怕的是，
漸漸你不可以，然後再也沒有力氣與決心離開。

75／斬不斷／教授 2

fiona_1031

03:20

我是一名大學生，這一年來，我都與系內的教授在秘密曖昧。要秘密的原因，是因為我知道，我的好友也跟我一樣喜歡教授，我不想讓她不開心，所以就只會在大學外與教授碰面。他是一個很有魅力的男人，雖然比我大接近二十歲，但我們的溝通沒有半點隔閡，他也很明白我的感受和情緒。他很愛他的太太，是個顧家的男人，所以即使我迷戀他，我也從來不敢越界，只要可以偶爾和他見面、一起去海邊暢遊談心，我就已經心滿意足

畢業後的某一日，他忽然傳訊息給我，問我有沒有興趣回大學為一個創投基金擔任營運與行政的工作。對我來說這是莫大的榮幸，因為他看得上眼的人總是出類拔萃，我沒有多想就立即答應了。之後每星期我們都會見兩至三次面，工作完後他都會約我吃晚飯，並駕車送我回家。我可以感受得到他的轉變，他變得比從前寂寞。有一次我忍不住問他發生了什麼事，他就只是輕輕搖頭，然後握著了我的手。我猜他與太太應該相處得不太好，但是我不敢過問太多。從那天開始，我們私底下變得比從前更加曖昧，有時他待我就像是另一半一樣，浪漫，充滿佔有慾，只是他不容許我主動找他，除了公事場合的一般往來，在其他人面前他也不會主動和我說太多閒話。就算有時他應該知道我會難受，他也是不會來問候一句。我知道這是我自討苦吃，是我自己妄想在這段曖昧關係裡，去尋求明知不可能會得到的名分與肯定。但有時我也會安慰自己，至少我能夠在工作上為他發揮所長，助他達成他心目中的理想，我在他的生命裡其實也佔有一個份量不輕的席位。只是這份工作的合約現在還剩兩個月，大學那邊提出過想和我續約，這份工作本身也真的很有意義，但我不知道還應不應該再如此下去……我現在的心態是「過得一天就賺到一天」

嗯……

你們是讀哪間大學呢？

在你眼裡，可能他是你的唯一。

但就當我是壞心眼，

在他眼裡，若撇開他的太太、他的孩子，

你又會不會是他的唯一？

請好好思考，好好觀察，

然後再好好回答自己這一個，

其實應該一早要去問的問題，

好嗎？

願你會更懂得珍惜你自己。

有時最無奈的，並不是他身旁早已有著別人，

而是他的心裡還有更多更多，可以選擇的誰。

76／斬不斷／如果他對你已經愛理不理

我今年 31 歲，已婚，有兩個小朋友。一年前開始，我和丈夫的感情變得淡薄，可能是因為有了孩子的緣故，又可能我們本身就有著相處不來的鴻溝。然後就在這時候，P 先生出現在我的生命裡

他是我以前工作時的客戶。在結婚前我們其實已經沒有聯絡，但很奇妙地，我們在 IG 無意中找回對方，他很喜歡到海邊拍照，我們會不時分享拍照心得。他的太太比他大五年，很熱衷工作，因此她平時也不會花太多時間陪他，他不只一次跟我說過，他們之間的感情已接近枯乾。或許是同病相憐，又或許只不過是藉口，我們約出來見面的次數越來越多，去的地方也由海邊、郊外、戲院、酒店會所、時鐘酒店、泰國、東京……我知道不應該，但我還是開始和他討論，等我們和自己的另一半離婚後，我們就可以真的在一起。我曾經真的如此期盼過。但兩年過去了，他仍然未跟太太正式辦離婚。我感覺得到他其實不捨得，我也怕我逼得他太緊，只是我也真的一直在等他做決定……漸漸，他的態度開始愛理不理，雖然還會見面，但就是一副不想說話的姿態。我知道我沒資格去問更多，但我還可以怎樣做呢？這兩年來的時間和感情，我也不捨得如此放下，但我被困在這個無法進退的位置，又如何能夠甘心？

這幾年來不時都會看到，這樣的故事。
但通常最後的結局，都是沒有結局。
不是對方始終沒下定決心離婚，就是拖了幾年後，
終於離婚了，但是對方又認識了新的伴侶，
然後跟那個新人在一起，斷絕與自己的所有往來。

你們在彼此最寂寞的時候遇見對方，
互相取暖慰藉，填補某些另一半給不了的感覺。
但這當中其實有一個很現實的問題，
如果還有更多空間與時間，可以做出其他選擇的話，
自己是否仍會與這個人，繼續不明不白偷偷往來下去？
然後更現實的是，有些人可以共患難，但不可共樂。
因為你們知道，對方曾經有過的心路歷程，
而這些曾經，通常也不會得到別人的稱頌，
甚至會不想被其他人知道。

每次我都會勸，忍痛放手吧，
就算你與現在的另一半已經沒有感情，
也可以先嘗試去處理這些自己能控制的事，
然後再去為自己尋找新的目標、新的對象，
而沒必要再迷戀執著於，
這一個其實不會為自己負責的人。
但通常大家也是漸漸不會再找我分享⋯⋯

所以，我也不會再勸了，
只希望你在這過程裡，真的有比較快樂就好。

有些人可以共患難，但不可共樂。
不是因為他自私，而是他不想再面對過去的自己。

77／斬不斷／為什麼他不可以跟我斷絕往來

gigi.8282

01:19

八年前，我遇上了他。他是個不會和任何人在一起的男人，但他身邊也不缺乏異性朋友。我是其中之一，他有時會主動約我，當知道我有男朋友時會突然失聯，但當我分手了又會找我約會。最初我以為他應該是喜歡我的，但這樣的情況持續了幾年，他也從沒有表示過什麼，即使我在他面前表現得生氣或吃醋，他也應該知道我追求一段實在的關係、想要建立家庭，但他也只會選擇逃避，或乾脆直接不找我。然後就這樣八年了，他依然故我，有時看著他與別的女性如此親密、一起合照，而我就只能默默等他什麼時候才會來約我，什麼時候才能夠給我多一點確定……為什麼他不可以明確地跟我斷絕往來？為什麼他有時又要告訴我會想念我、想見我，但最後又會失約？

發送訊息......

或許可以試試，不要再讓自己入戲太深。

從一開始你已經知道，這個人不會和任何人在一起，
他不會給到你想要的名分與未來。
你是清楚知道的，是嗎？
他繼續與其他女性約會，會和那些女性親密合照，
但你仍會生氣與吃醋，
仍會想為什麼他要繼續消磨你的耐心，
為什麼他不可以乾脆直接地拒絕你……
但其實，即使他有沒有與別人展開新關係，
你們之間這段沒有結果的關係，
本來就是早應該要有一個決定吧？

所以真正的重點，
並不是他又認識了誰、他沒有為你負責，
而是你繼續用這些事情作為藉口，
讓你可以再去為他煩惱、猶豫不決，
並將這一個決定權交到他的手上，
而你就繼續去飾演受害者的角色，
彷彿自己真的做不了任何決定，
彷彿自己就只可以和他如此不明不白下去……

八年了，你真的想繼續這樣下去嗎？

或許，是時候給自己一個答案，
不是等待他的決定，而是自己決定走出這段模糊。

解咒第八章・做朋友

/

只是我們都知道，朋友也有很多種
有些人還會交心，有些人不會再見

78／做朋友／新對象

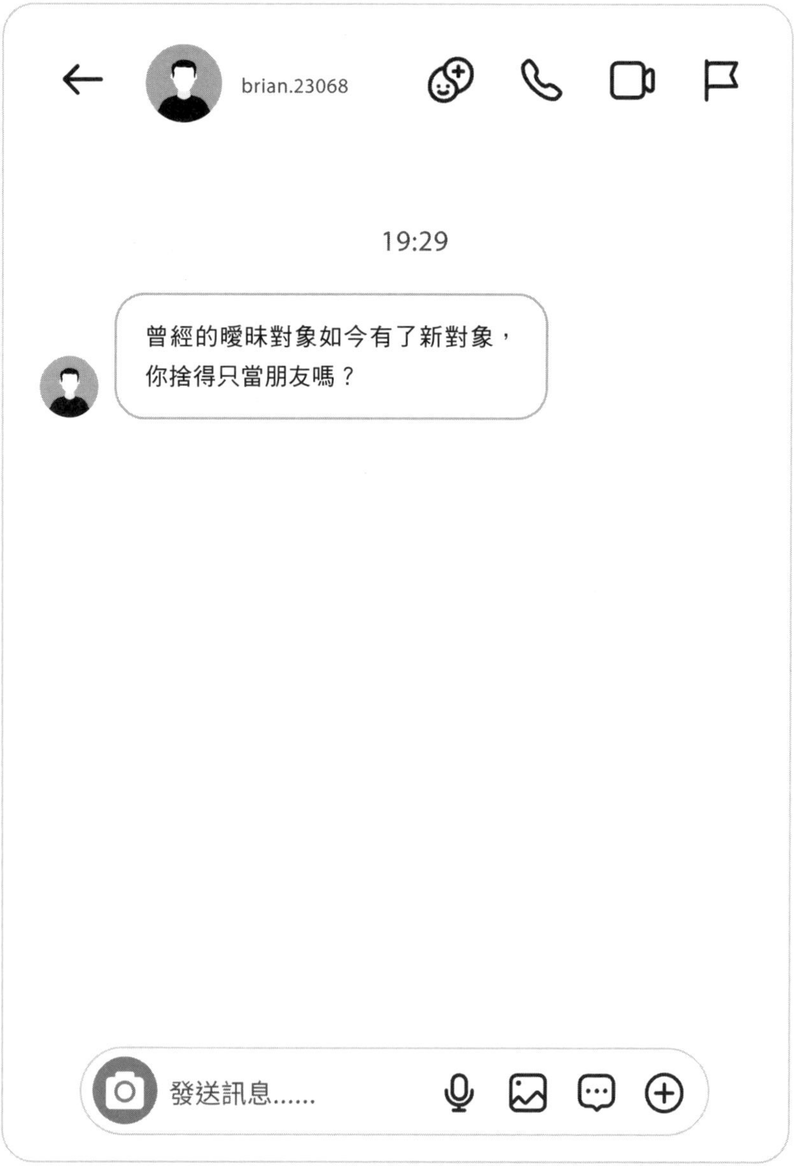
brian.23068
19:29
曾經的曖昧對象如今有了新對象，
你捨得只當朋友嗎？
發送訊息……

想起一句歌詞：
「不用抉擇，我會自動變朋友」。

你要問捨不捨得……
通常都不會捨得的，
就算之前那份曖昧是認真或不認真，
但問得這一條問題，就代表對方有一些好，
是無法輕易被取代，也無法乾脆地割捨放開。
你們不會繼續一起走下去，
是因為她已經另有對象，
你只能無可奈何地假裝沒事，
默默的看著她離開……

除非你是認真喜歡對方，
那麼你還可以嘗試放手一搏，
正式發起追求、看看可不可能得到她的歡心。
否則，就惟有慢慢調整自己的心態，
你捨不捨得當朋友也好，
自己也只會屬於應該要淡忘的過客。

其實也不一定要勉強做朋友，
須知道，做朋友有時也要講求緣分。

79／做朋友／他說，想做回朋友

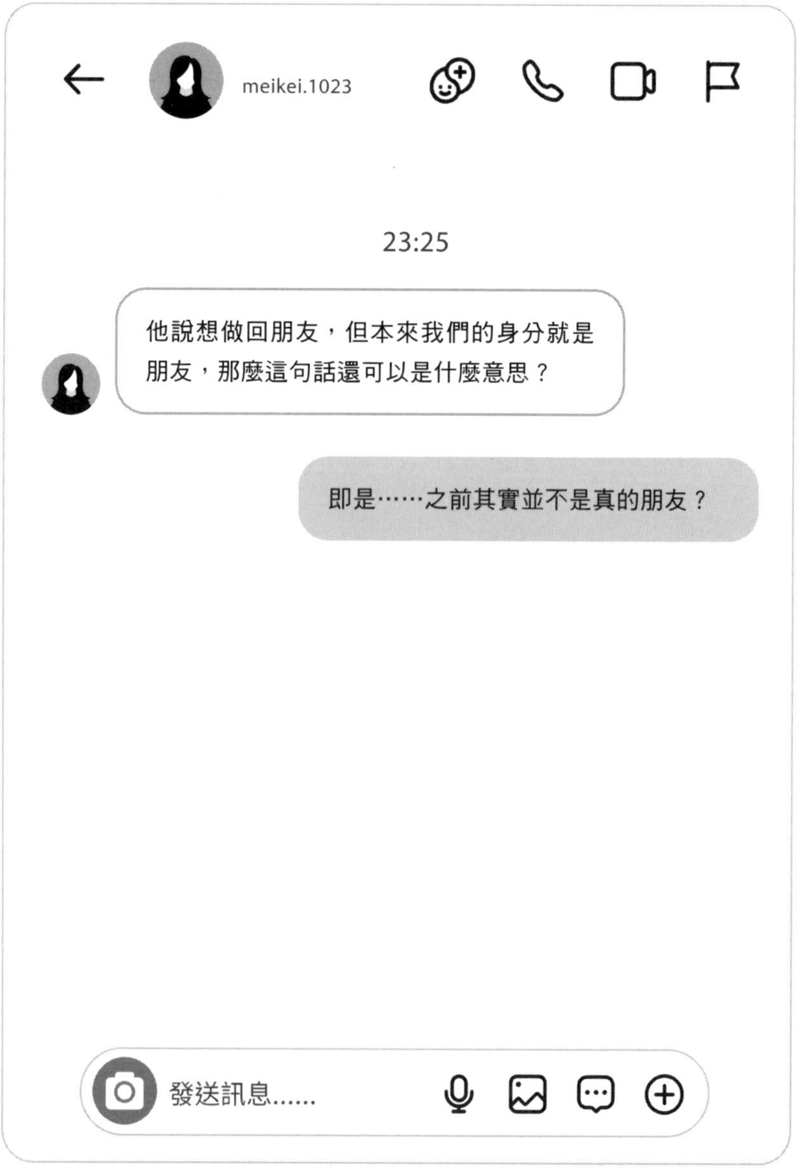
meikei.1023
23:25
他說想做回朋友，但本來我們的身分就是朋友，那麼這句話還可以是什麼意思？
即是……之前其實並不是真的朋友？
發送訊息......

想做回朋友，
聽起來好像很簡單，卻可以藏著很多種意思。

當你們的關係本來就是朋友，但對方說想做回朋友，
那很可能他是在試圖重設你們之間的界線——
或許你們之前的相處，已經超出了朋友的範疇，
有過更親密或曖昧的時刻，令他感到複雜，
所以他現在想回到一個比較純粹、簡單的狀態。

這句話也可以是他在表達一種需要，
一種希望回到沒有壓力、不必承擔感情期望的關係，
希望遠離那些過去的情感糾纏，
想把彼此放回到最初的朋友位置，
讓他自己可以找到喘息的空間。

但也可能，他就只不過純粹想要自保，
因為他還沒有準備好面對更深的感情，
或是不願意承擔曖昧之外的各種責任。

而最重要的還是，這樣的朋友關係，
又是否真的讓你感到自在和滿足？

做回朋友，不等於就是可以做回還會交心的朋友，
也不等於你們以後可以繼續再見。

80／做朋友／可能

snoopysvoicee
22:09
曖昧之後，繼續做朋友，是不是代表，我們還有可能？
可能疏遠，也可能不再見？
發送訊息......

真要說的話，
這個世界什麼事情都有可能發生，
就只是奇蹟未必會降臨在我們身上。

曖昧之後還能繼續做朋友，
彷彿是仍然還能保留著一點連結，
還可以懷念還可以再見。
只不過，朋友的身分既是安慰，也是一個界限。
你們是彼此曾經靠近過，但也僅止於此了。
將來是否能轉化為更深的關係，
取決於運氣與緣分，以及彼此的心意是否仍在共鳴，
是否還願意冒險再一次靠近。

有時候，繼續做朋友，
其實也是給彼此時間去整理自己的感情，
審視自己的真正需要，才再去決定未來的真正去向。
但這始終是需要雙方都有溝通與共識，
才可能有機會再進一步。
如果對方就只不過單純想回到朋友的名義，
而放棄再與自己有更深入的對話與交往，
那麼嘗試找回平常心，慢慢調整適應交往的節奏，
這樣才比較不會讓自己受傷。

曖昧之後做朋友，不一定等於還有可能，
那可以是漫長的守候，也可以是你們最後的結局。

81／做朋友／沒發生過

wangtakkwang

23:26

有時最無可奈何的是，你們曾經曖昧過，也曾經討論過當時那種情況是你們最好的交往方式，但是當那些雲霧與濾鏡消失之後，對方就不再承認你們曾經曖昧過，甚至刻意對所有人都澄清你們只是朋友……是我太執著小器嗎？畢竟，我就只是一個可以隨時被代替的曖昧對象

發送訊息……

因為你付出了真心，
不想自己有過的真心得不到肯定，
即使你們沒有在一起，
但你對她的感覺是真實的，
而當時你也相信，她也應該與你一樣，
才會和你一起走到最後的那一天……

並非你太執著或小器，
其實這是人之常情。
當你用心看待一段關係，
尤其是曾經如此珍惜的曖昧，
卻被對方輕易否認，
會失落、會感到自尊受損，
真的很正常。

她要對所有人都澄清否認，
原因是什麼，就只有她會知道，
又甚至是其實不會有一個真正的原因，
就只不過是情緒主導或意氣用事。
但你要如何回看或念記這段曾經，
卻不需要她的允許和決定。
你們曾經有曖昧過，她是你最在意的誰，
這是永遠都不能夠改變的事實。
最後結局她選擇離場，你也可以選擇，
不要再執迷於這一個過客。

你可以對所有人假裝，從來沒有對我認真過，
但我也會繼續去念記，令我心動的那些曾經。

82／做朋友／好來好去

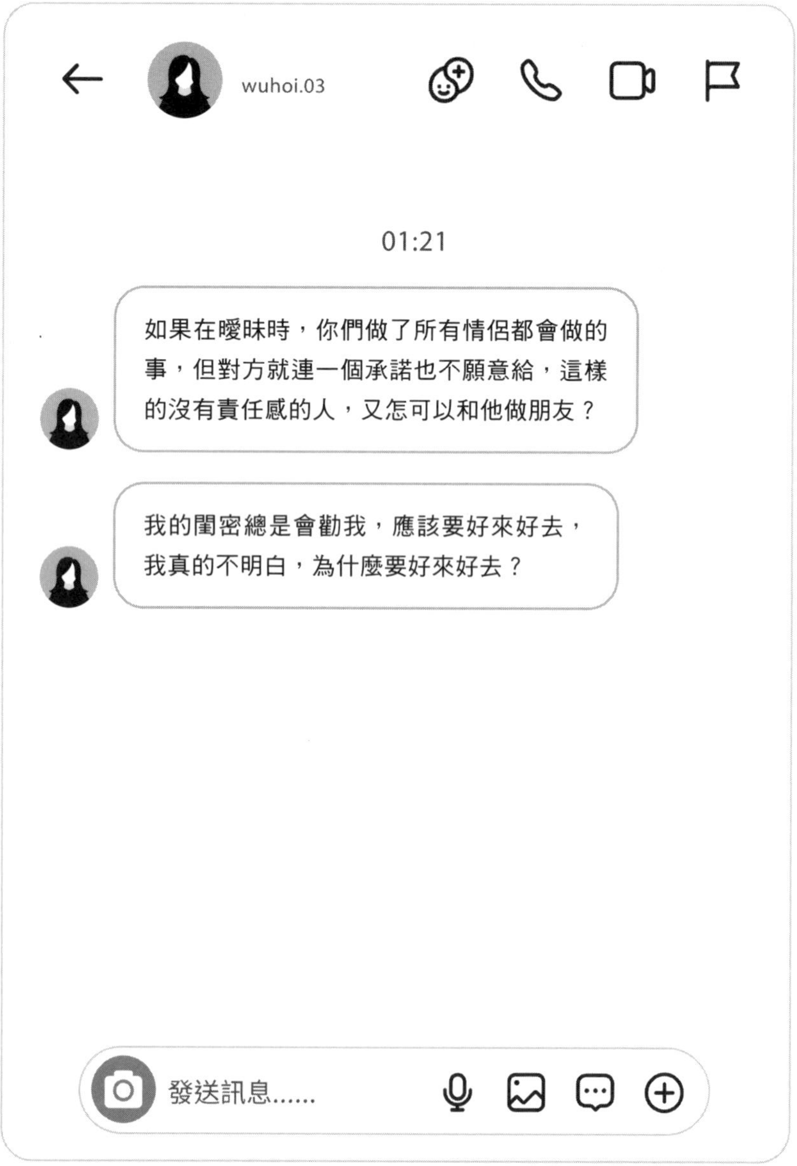
wuhoi.03
01:21
如果在曖昧時，你們做了所有情侶都會做的事，但對方就連一個承諾也不願意給，這樣的沒有責任感的人，又怎可以和他做朋友？
我的閨密總是會勸我，應該要好來好去，我真的不明白，為什麼要好來好去？
發送訊息......

是的，
是無需刻意和這種人保持友好，
不負責任的人，應該要主動盡早避開，
別說再繼續做朋友了，連收到訊息問好，
也要立即將通知滑走。

不過，閨密跟你說「好來好去」，
我想並不是要你忽視自己的感受，
可能就只是提醒你在放下過去時，
仍然能夠保持溫暖和善良的心，
不希望你會因為對方的不堪，
反而讓自己變得更痛苦。
他們是真的珍惜你，
所以才不想你因為一些小污點，
不小心讓自己陷進泥沼裡，
反而變得無法再昂首前行。

至於那個不負責任的混蛋，
以後也不要再有交集了，
這個人傷過你，他永遠都有負於你，
但當有天你可以做到對他完全不屑一顧，
那就一定是最佳的報復。

好來好去，並不是指你和對方要笑著再見，
而是你與受傷的那個自己，可以笑著和好。

83／做朋友／逃避你

nn.202203

00:31

雖然我們不會再曖昧了，我們仍是朋友，但有時我會覺得，我們仍在用另一種方式，在延續以前的曖昧……現在每次聚會，他都不會正眼看我了，也絕不會坐在我的旁邊，說笑的時候比老師還要拘謹，偶爾不小心有身體碰觸，他也一定會立即說對不起。生日時，他也不會留言說生日快樂，但平時他會在其他朋友的生日貼文裡留言。每次聚會如果不超過四個人，而其中有我參與的話，他就一定不會參加。我知道他是想避嫌，我也沒有覺得很難受，但有時我仍是會哭笑不得。看到他明明要與我乘同一班列車回去我們住的地區，但他還是會藉故落後然後裝作接聽電話走開，我都會想，什麼時候我們才可以真正做回普通朋友呢……

發送訊息……

看著文字，可以感受到一種綿密的刺痛。

曾經的曖昧，如今變成一道無形的牆，
不會再靠近，也築起了隔閡，
從前有過的親密，只會反證如今有多陌生。
他的疏離淡漠，他的一再躲避，
或許是他用來保護彼此的一種方式，
不想重蹈覆轍，不想再引起任何誤會，
不想讓你們有機會陷得更深。
但這份保護，往往就會變成一種公式的冷漠，
讓你們的友情失去原本的自在與溫度。
你們都在掙扎，想要擺脫曖昧的影子，
卻又無法立刻跨越，你們心裡的隔閡。

但請相信，無論是友情或愛情也好，
都是需要雙方付出時間去蘊釀栽培，
才可以真正開花結果。
雖然你和他如今比陌生人更疏離，
但或許有天他也會發現，
自己的拒絕原來太過明顯絕情，
你們是不會再曖昧，只是也真的沒必要，
將對方當成生人勿近的怪人……

這才是對曖昧過的人，最基本的尊重。

其實你已經下定決心，不會再靠近及在意對方，
但對方還要用盡方法躲避，這才是最難無視的痛。

84／做朋友／友誼永固

chentung

23:17

很幸運，我和她現在仍然是好朋友，甚至變成真正的知己。或許本來我們就是性格相近的人，當初我也是因為感受到她的善良、溫柔與善解人意，我們才會開始慢慢互相靠近，成為朋友。我們都很清楚對方的喜好與習慣，也一起累積建立了無數默契、只屬於我們之間的回憶。比起以前的不明不白若即若離，或許我更享受現在這一種踏實明快的感覺。其實男女之間也可以做真正的朋友吧，如果因為有機會愛上對方就不可以交心，那麼人類其實也漸漸不能夠跟任何人做朋友……

但願我們可以友誼永固

發送訊息……

根據非正式的統計，每十對曖昧過的人，
當中會有一至兩對，能夠繼續去做一對好朋友……
好吧，以上都只是我亂說的。
能夠繼續做好朋友，真的很好。
沒有喜歡，又怎可以成為一對好友，
不過男女又好、男男也好、女女也罷，
也不是只有帶著愛情的喜歡，兩個人才可以走得更遠。

真正的友誼，
是建立在彼此理解、尊重與包容之上，
不需要愛情的框架才能夠存在。
而你們那些有過曖昧的曾經，
就只會成為你們未來人生裡的小小點綴，
然後等你們將來偶爾笑著回看，
她會怪你那時候讓她太過入戲，
你會和她一起懷念最初有過的幼稚任性……
然後，一切都真的已經成為過去了，
友誼永固，已經比什麼都來得珍貴。

到時你應該要好好感謝，
和你曖昧過的這一個她，知道嗎？

據說友愛比戀愛漫長，無奈愛意沒法設想。

85／做朋友／絕交

cammy.ha.00

00:07

昨天我決定，和他絕交了

不是他不好，不是他不理我，他一直都想繼續和我做好朋友，也不會像某些人那樣，名義上做朋友但其實仍然做會讓人想得太多的行為，我知道他是會真的尊重我、把我當成重要的朋友，如果我們繼續交往下去，應該真的可以變成一對老朋友，一起走得很遠⋯⋯

但是我也知道，自己會越來越喜歡他，有一天，我可能會親手打破這個平衡。若是如此，我寧願現在忍痛放手，不要再有往來。就算他不會明白，又或者他會怪我，我也只能夠作出這個決定

原來有些人，越是喜歡，就越沒有資格再去靠近更多

發送訊息⋯⋯

有時放手，並不是因為不珍惜，
就只不過是深切感受到，這個故事真的要完了。

其實你可以選擇，繼續用友情的名義，
來掩飾與包裝你對他的喜歡。
但你還是無法做到欺騙他，還有欺騙你自己。
總有天，你會忍不住想要打破那個平衡，
然後讓對方發現，原來你對他還未忘情。
總有天你又會再一次想起，其實從最初開始，
你就好想好想可以成為他的另一半，
而不是做他的好朋友、知己，或曖昧過的朋友。

有時候，愛不是擁有，而是懂得放手。
越是喜歡，就越會明白，
有些距離有些割捨，是必然要發生，
這樣才不會失去自我，才可以更純粹地思念喜歡下去。
雖然有時會很痛苦，偶爾會寂寞，
但這也是你愛一個人的最真實方式。

願未來的你，
能遇見那個懂你、也會珍惜你的人，
讓你可以明明白白地愛，不需要再逃避與躲藏。

有時越是喜歡一個人，就越會相信，
放開手，才是對這個人最深的喜歡。

86／做朋友／同情

zhongjian

21:36

有時我會想，其實她沒必要勉強和我做朋友。她有了喜歡的人，她和他正式展開戀愛關係，我也不能說什麼，始終我們就只是短暫曖昧過一段時間，從來也沒有承諾或認定過什麼，但她總是給我一種想要彌補我的感覺，而問題是她也不必而且不可能真的彌補到什麼……她越是這樣想彌補我，但她也不可能也不應該再去太顧及我的感受，漸漸我反而越來越有一種真的被丟下的感覺。可不可以不要想要同情我然後令我變得更可憐？

發送訊息……

或許，她是希望為你保留一點溫暖，
不想讓你感覺被徹底放棄。
但是這種善意的顧慮，有時反而成為一種無形負擔，
會讓人感覺像是同情，而並非真正的尊重。
尤其當你知道，比起這樣的善意，
她從前其實也給予過你更耀眼的快樂，
她如今也與另一半開展更美好的未來……
在有比較之下，那種被同情的感覺會變得更重，
你說變得「更可憐」，我明白你的感受，
真的辛苦你了。

但你捨得不要和她再往來嗎？
又或是，嘗試學習對她的問候與訊息，
用一種比較抽離的態度來回應。
並不是要她知難而退，而是為自己尋回一點空間與心力，
在遠離她的善意關心的同時，
也慢慢調整你再去面對她時的呼吸與節奏。
然後你可以再思考，其實你還想不想與她做朋友。
不要怕被人覺得自己小器，或是會被認為自己放不開，
說真的，做朋友或情人也好，
如果感到不自在，就很難勉強做得下去。
我們需要朋友，但你也不缺她這個朋友，
若是為了勉強自己與她往來，
反而在心裡埋下更多的刺，那就不值得了。

希望你會找到自己想走的方向。

做朋友或情人也好，
如果感到不自在，就很難勉強做得下去。

87／做朋友／就只是不會再見了

ling._mirror

22:56

朋友也有很多種，而我們這一種，
就只是不會再見罷了

每一年他的生日，我都會傳他訊息，問他有沒有空出來聚一聚，他每次都會有各種理由和藉口。然後五年過去了，我們也沒有見過一次面，但他依然會見我們都認識的朋友。我這才明白，他那時跟我說的「還是朋友」，原來是關係很淡很淡，以後漸漸不再見的朋友。而我想要的，是仍然會交心、會一起結伴成長的朋友……

我最後才明白這個事實，是否很蠢？

發送訊息……

朋友有很多種，
IG 朋友是朋友，十年一約的朋友是朋友，
不會再見的朋友，自然也是朋友。

並不是你蠢，其實就只是你相信這一個人，
會對這份情誼有著同等份量的珍惜，
可以與你一起走過未來的各種風雨，
哪天可以再與他留下更深刻的共振……
因為那時候，你們是真的心靈互通過，
你們是對方眼裡最在意最重視的人，
你相信你們永遠都會記得那個瞬間，
也期許這一份回憶，可以與你們走到永遠……

但縱然，那一刻的交會是真實的，
只是過後每個人的選擇與命運，也可以截然不同。
有些人注定只能夠是生命中的過客，
有些情誼則像河流，隨時間流逝自然淡去。
說了再見的人，最後也不一定可以再見，
原來大多數時候，都輪不到我們選擇或操控。
可以知道對方這天過得還好，
還可以找到或保留對方的聯絡方式，
而自己還能像最初那樣，偶爾盡情去喜歡去思念，
始終沒有被這一個殘酷的世界影響或改變……
其實已經值得慶幸，
真的，其實已經很好。

或許，你們以後也是不會再見，
但這樣也好，你可以更純粹地思念這一個人。

88／做朋友／以朋友的身分，去理解他的曖昧

hue0081

23:02

他偶爾還會約我上街，偶爾還是會有那些越界的行為，但是我不會再因此而想得太多了，至少我已經學懂，應該怎樣躲開或拒絕，應該用怎樣的心態，來看待他這些行為，這一個人

有時我會覺得，他是一個很缺乏安全感的人，但又害怕與人建立一段實質的關係，是因為他自小就得不到父母的愛，還是他試過幾次被信任的人背叛的滋味，他才會變得這樣像是想要和其他人連繫，但是又不敢對人投放太多感情和認真。雖然有時被他突然已讀不回、被他突然丟棄，還是會很想罵人，哈哈，但當我開始可以用一個純粹朋友的角度，來看待他這個充滿缺陷的人，我竟然覺得，他其實也不算是十分可惡，至少他沒有騙財騙色，他對人也算是善良、正直及有同理心，只要有他在的場合，一定不會有悶場……做朋友還算是不錯的。我好像為他說了太多好話，其實很多人都很喜歡他，就只是他自己還未學懂更相信朋友而已

希望有一天，我可以將這些想法，好好地完整地告訴他

你很好啊，你竟然可以用這種心態，
來看待這一個總是會讓人心亂的朋友……
真的真的，很難得。

如果他知道，你懂得用這種方式去理解他，
相信他一定會感動的。
但我想你也猜到，現在還不是可以告訴他的時候，
可能再過五年，或十年？
等他終於可以安定下來了，
而你們仍然會時常碰面、一起去吃飯喝酒，
到時候你可以告訴他，
其實一直以來你都是這樣理解他、相信他，
你沒有因為他的不夠認真、不敢太快投入真心，
而誤解他、嫌棄他、疏遠他、排擠他，
你是真的有從朋友的角度與位置，
去與這一個你想要珍惜的人交往下去。

不過其實，
到時候說與不說，也已經不重要了，
因為你真的這樣懂他，他也懂得珍惜你的好。
人生得一知己，又何需說明太多，
何必要回望太多。

又或者，在我們曖昧、在我們成為朋友之前，
我們其實也只是一個，有著各種不完美的人。

解咒第九章・你好嗎

/

或許到最後，答案已不再重要

就只想知道，你好嗎

就只想你發現，我已經不在了

89／你好嗎／小習慣

annniewaythanks

21:18

我們沒有再曖昧了，也沒有再做朋友，但我仍然會記得他那些小習慣，還有他喜歡的事物，喜歡聽的歌……漸漸我發現，自己也在不知不覺間，喜歡了那些小習慣。請問這是正常的情況嗎？是不是代表其實我仍然對他念念不忘？

發送訊息……

有天，
你可能會不再喜歡那一個人，
但從前對方有過的生活習慣，
卻可以在你身上流傳很久很久。

是因為，你曾經是如此用心，
去認識對方，去與對方靠近。
你希望得到他的喜歡與重視，
於是你會在不知不覺間，
將他的一部分揉進自己的生活裡……
他喜歡的咖啡味道，他會哼的旋律，
他經常會乘搭的巴士路線，
他每次想念某個人時，
都會看著遠方的那種目光……
漸漸，你們開始不再有交集了，
但那些喜好那些習慣，
也無法再從你的身上抽離割捨。
並不是因為你真的放不下，
但那些軌跡，都是你曾經認真過的憑證，
縱使你們最後未能開花結果，
但仍然可以點亮，你未來的人生。

就算有天我們不會再記得對方，
但那些愛過的痕跡，
仍會在對方生命裡流傳下去。

90／你好嗎／其實我當時喜歡過你

bunny.0319

08:23

早兩天，我約了 T 敘舊。我們以前是中學同學，每天下課後，會和其他同學在麥當勞做功課，他總是很照顧我，不過當時我有朋友喜歡他，而且直覺上他不會喜歡我這類女生，所以那時也沒有讓自己想得太多

之後我去了美國留學，他就去了澳洲，因為時差，漸漸就沒有再往來了，直到上個月在街上偶然碰到，我才知道他原來回來香港探親。然後我們兩天前相約到以前做功課的麥當勞吃晚飯，很慶幸那間麥當勞仍在，我們聊起很多往事，忽然他告訴我，原來那時候他有喜歡過我，只是覺得我不會喜歡他，所以才沒向我表白……然後我也忍不住告訴他，其實以前我也喜歡過他，我們竟然就這樣錯過了……雖然是很遺憾，雖然我們現在都各自有另一半，不可能在一起，但我們如今可以向對方剖白當年的心意，在這麼多年後，原來對方仍然有將自己珍而重之地放在心裡，那種感覺真的很奇妙……

他明天就要回澳洲了，如果我沒有在街上遇見他，可能這輩子都不會有機會知道，我們互相喜歡過，又互相錯過

與其說是遺憾，
不如說是彼此圓滿？

人生總會遇到幾個這樣的人，
他們不會陪你走到最後，
卻會深深刻印在你的記憶裡。
你們可能曾經彼此喜歡，
卻也以為對方不會認真。
於是，你們不小心錯過對方，
但同時也無意中保留了，
一些沒有被成長磨蝕的純粹，
還有將來可以重聚的期待與溫柔。

愛情有時最美妙的地方，
並不是你們終於在一起，
而是你們始終都不曾忘記，
彼此曾經認真喜歡過的模樣。
雖然那些年你們都錯過了對方，
雖然你們不會得到愛情的名分，
但這一份重逢的禮物，卻也彌足珍貴。

有一種緣分是，你們曾經錯過對方，
但也終於在回憶裡，再次重逢相擁。

91／你好嗎／不見

feng.702

00:06

不知道你有沒有試過，你知道自己最想念的人就在附近，你去找她，然後你見到她了，但是你沒有讓她看見你，沒有上前去打招呼，你在她可能快要看到你時，悄悄地轉過身離開……

我和她，已經八年沒見了。上星期，無意中從朋友臉書得知，原來她和男朋友回來香港度假。當下就有想過要用 messenger 傳訊息給她，但我看到最後一次和她的聊天記錄，已經是七年前了，然後我再往上滑，找到我傳送給她的那句「我喜歡你」，之後過了兩個月，我們開始越來越少傳訊息，漸漸就變成陌生人

然後昨晚，我又在臉書看到，有朋友約她去一間在海旁的餐廳晚飯。我看到後就馬上跑到街上，搭長程的士趕去那間餐廳。只是在車上，我又問自己，就算見到面了，又是為了什麼，是希望讓她知道，你仍然記得她嗎？還是想要看見，她仍然對自己微笑，想要知道，她還記不記得我……

最後，我沒有走進餐廳，就只是站在一旁，遙遙看著餐廳裡的她，直到她們站起身要結帳，我就離開了。其實都已經八年，我們就只是曖昧過很短很短時間。她現在已經有男朋友，我也應該已經放下，但原來她依然佔據著心裡很重要的位置，她永遠都會是我最不想放下的人

你沒有上前打招呼，
那是因為你依然會太過在意。
你最後選擇悄悄離開，
也是因為你明白，有些相遇，
其實已經是再非必要。

那份曾經很短暫的曖昧，
早已超越了一段感情的範疇，
變成你生命中無可替代的位置。
但有時候，真正深刻的想念，
並不是要上前去說一句，我還記得，
而是在心裡默默告訴自己，
其實我從未忘記。

就算她回來了，
就算她又會再次遠走，
但她依然會存在，
依然會是你心裡最放不下的人。
這個故事其實早已完結，
但思念一個人，又怎會可以休止。

**有些思念，並不一定要上前告訴對方，
而是在心裡默默告訴自己，從未忘記。**

92／你好嗎／學懂

ee.cct

20:10

因為他我才明白，原來一個男生和你上街但從來不會看手機，不一定等於他對你專一。因為他我才明白，原來一個男生每到假期都會主動陪你，不一定等於他已經將所有時間都留給你。因為他我才明白，原來一個男生會因為你的一個電話而立即趕到你家樓下，不一定等於他已經將你放在最重要的位置。因為他我才明白，原來一個男生向你表白，不一定等於他就想要去做你的男朋友，就只想和你在一起……

因為他我才明白，原來有時對一個人好，並不一定需要讓對方知道。因為他我才明白，原來再喜歡再不捨，有些人最後還是只可以不要再見。因為他我才明白，原來說話語氣可以假裝，但是眼淚無論如何也是掩飾不了。因為他我才明白，原來忘記一個人的時間，可以比起思念與喜歡更加漫長……

因為他我才明白，原來自己有天真的可以原諒他過去的傷害，就算在街上遠遠看見他，也不會再感到刺痛。因為他我才明白，原來當真的站在他的面前，可以再一次對他說「你好」，自己還是會覺得難受……

因為他，
你經歷了許多第一次，
看清很多個瞬間。
也因為他，
你開始更加學懂，
如何去愛，如何好好去愛自己。

真正的放下，
不一定是要不再想起，
而是即使想起了，
也能帶著平靜與理解去回望。
你可以再說一聲「你好」，
卻不再等著他回覆「我還在」。
即使自己還會難受，
但你們也已經是彼此的過客，
不會再有更多失望與傷害，
不會再見。

**有些人讓你學會如何去愛，
也讓你學會如何放手，讓回憶留在心裡。**

93／你好嗎／找我

jeremy102393

01:01

這兩年來，每天我都會打開她的訊息匣，將思念的話都寫進去，但是輸入完後，又會逐字逐字刪除，反反覆覆，然後一次也沒有按下發送

不是不想聯絡，就只是怕自己的一時衝動，會變成她眼裡的唐突打擾，也怕她其實已經不記得我，反問我一聲「你是誰」……

怎知道某一天，她忽然打電話給我。我最初不敢置信，也有想過她會不會撥錯，但在過了五秒後，她仍然沒有掛線，於是我按鍵接聽了，於是我知道她會致電給我的原因……她不小心丟了手機，換了新手機，但是因為沒有之前的備份，她就只記得我的手機號碼，所以就想我將我們共同朋友的手機號碼傳給她

我對她說聲好，然後就掛線了。之後我傳了手機號碼給她，她在訊息裡說聲謝謝，我們就沒有再聊下去

她沒有不記得我，只是就算記得，就算還可以連接，我們也已經回不去了

如果可以選擇，
你會想接到她這一個來電嗎？

原來，有些記憶，
是已經深深刻印在彼此的腦海裡，
即使你們已經很久沒有往來，
即使你們也已經各自展開，
不再屬於彼此的人生。
但她還是會記得，
你的手機號碼，你的一切，
是因為當時她曾經認真喜歡過你，
是因為你們已經在對方身上，
留下太多值得珍惜、值得去記住的回憶與默契。
雖然你們後來分道揚鑣，
彷彿沒有人再記得與在意這些曾經，
你們已經變成陌生的過客，
但你也不是她不會再記得、不可以再聯繫的某某，
雖然你們不會再得到一個更深刻的結局、
更值得回憶的未來，
但……

你也是時候，應該要放過自己了。

她不記得你，但也不是完全不記得你。
你不再重要，但你依然會是她曾經最重要的人。

94／你好嗎／如果可以

cloud_o_o_3

22:20

有時我會想，如果和他從來沒有曖昧過，我們是不是就會有不一樣的結果……

因為只要一有過曖昧，就算他們後來沒有在一起，但他們之間的關係，其實就已經不再純粹了

雖然我不會後悔，和他曖昧過，但如果可以再遲一點才認識他，我們可以更成熟地去與對方相處、可以更加體貼對方，我們應該可以變成一對真正知心的好朋友，可以一起走得很遠很遠的吧……

是這樣嗎？

發送訊息……

如果你們再遲一點認識，
如果你們從來沒有曖昧，
或許真的可以更成熟、更體貼，
去成為真正的朋友，能走得更遠。
但你也知道，這個世界沒有太多如果。

又或許你沒有遇上他，你會遇上別人，
和某一個誰曖昧，最後反而與他錯過。
又可能，你必須遇上他，
才會體會與學懂某一些道理，
才會認識到彼此的不成熟與不完美，
他是你人生中成長的必經一課。

曖昧不一定會開花結果，
也並不是只有開花結果，才值得我們回憶和擁有。
一段成熟的友情和愛情，總是在經歷某些模糊後，
才會更明白自己原來想要和需要什麼。
或許他無法陪你走到最後，
但你們可以一起經歷過這段曖昧，
成為對方心裡特別而深刻的存在，
是有點遺憾，但也是你們最大的福氣。

並不是只有開花結果，
才值得我們回憶和擁有。

95 / 你好嗎 / 不再曖昧

leo_chen_3

01:15

三年前，我認識了一個女生。最初我們有過一些曖昧，當時我很想和她發生關係，但她總是會巧妙地躲開，我也知道不可以勉強，所以之後的曖昧也只會發生在手機裡，漸漸我們也沒有再聯絡

直到上星期，有天深夜她忽然打電話給我，說剛好要到東涌工作，因為感到很不開心，一個人在海邊散步，想起我以前跟她說過我住東涌，所以就打電話給我了。我們聊起近況，她說著說著突然哭了起來。因為當時已經過了零時，於是我問她要不要來我家歇歇，然後我一邊和她在手機繼續通話，一邊下樓去海邊接她，她的臉上還有著淚痕

我接了她回家，她開始跟我分享這兩年來的生活，遇到哪些爛人爛事。原本我也有期待過，之後會不會發生任何曖昧行為，但不知為何，當天晚上我們什麼事情都沒有發生，即使我們最後都躺在床上，喝著啤酒聊著沒有邊際的話，但感覺就像是真正的知心好友，而在這一晚之前，甚至在認識的最初，我都從來沒有想像過，自己竟然可以如此安心，和她分享自己的內心秘密

第二天早上，我送她到車站搭車，就像是普通朋友那樣，依然沒有半點曖昧舉動。後來我們都有在手機聊過幾句，但也沒有其他了。只是我依然會太記得那一晚的細節，雖然我們沒有曖昧，也知道未必會再有下一次

那一晚的同床對話，
應該可以讓你念記很多年吧。

雖然不是曖昧，但更加窩心，
你們竟然可以超越曖昧的界限，
讓彼此的心靈互相觸碰，
從最初的不明不白，
變成真正的理解與接納，
這種感覺比曖昧更珍貴，也更難得。

有時候，感情深厚與否，
並不一定要以性與愛來界定，
一份安全感、一場深刻的對話，
也可以療癒彼此的孤單，
成為對方的一個心靈的避風港。
安靜的陪伴，有時可以比激情更深刻。
而更重要的是，
你也珍惜與理解這一晚的意義，
雖然未必可以再發生，
但它永遠會是你成長的重要印記。

從最初的不明不白，變成真正的理解與接納，
這一種不再曖昧，總是最教人難忘。

96／你好嗎／刪除你

a810628

02:34

昨天，我把之前和他聊過的訊息，
都通通刪除了

昨天，是他結婚的大日子

其實是沒必要，這些年也沒有聯繫了，
但我還是想，單方面讓這個故事完結

發送訊息……

刪除訊息，
其實也是在替那一個未完成的故事，
畫上最後一個句號。

雖然你們是很多年沒有聯繫，
甚至是沒有再見，
但是他依然活在你的心底裡，
陪著你成長，讓你繼續期待，
你相信哪天你們可以再聚，
可以再一次一起看海……
只是來到這天，你還是不得不面對，
他以後的故事裡，終於真的不再需要你了。

這不是簡單的刪除，
也是你內心的自我救贖。
你告訴自己，是時候要過去了，
也是時候，要讓這一份單戀這一點曖昧，
化成一段不會再勇敢去追尋的回憶。
雖然是已經與他無關，你也不會讓他發現或知道，
但你還是想要為他再認真最後一次，
然後也給自己一個機會，
為未來重新開始。

其實刪除了，不等於不會再記得，
不會再留戀，但你還是想要為他認真最後一次。

97／你好嗎／有生之年

peggy_yuen_324

23:39

他曾經跟我說，希望有生之年，
可以看到我幸福

那時候我還以為，我們應該快要在一起了。但沒想到，他之後和我的好朋友在一起……之後我們三個都沒有再聯絡，偶爾碰面也會感到尷尬。漸漸就疏遠了

然後上星期，我結婚了，在晚宴裡，我竟然看到他。我緩緩走到他身邊，問他為什麼會出現（我沒有發他喜帖），但他竟說，他以前說過，有生之年要給我幸福，可惜以前沒做到，所以現在要來親眼見證

當下我無法分辨他的真假，
但是我差點忍不住，哭了

發送訊息……

嗯……

即使沒有收到請帖，

但他還是特意到場，

希望可以親眼見證你的幸福……

或許對他來說，這是一場自我救贖，

也是他對你最後的祝福，

希望你和他自己都能夠得到釋懷。

但……如果是我，

就不會選擇在那天那個場合，

出現在你的面前，特意去說那一句話。

可能是人大了，經歷多了，

再也不懂得年輕時的衝動與浪漫。

如果你都已經要結婚了，

都已經準備要和如今最重要的人，廝守到老，

那我這個其實早已過去的誰，

為什麼還要刻意出現在你的面前，

並再次撩動你的心扉……

我可以靜靜看著你得到幸福，

但是我沒必要再為你留下更多漣漪。

想要釋懷，有時其實並不是真的可以釋懷。

遺憾需要彌補，但也應該要找一個更適合的時間。

98／你好嗎／到此為止

02jack_son

02:05

從那天起，我沒有再主動找過她，我回到了原來的生活，不用整天期待她的訊息，就好像我們從來沒有認識過一樣。人來人往，世界這麼廣闊，如果不是命運安排，我們應該也不會再見了。但這並不等於，在我的心坎裡，以後都不會再有她的位置……她就只是被我藏得很深很深，深到讓自己以為，已經可以放下了，自己選擇以這種方式來疏遠對方，是一種成熟的表現，對彼此也是一個最好的結局。但其實並不是這樣的。其實那一個人，仍然可以在不靠近的情況下，傷得你很重很重，又那樣防不勝防。於是漸漸就會變得更加隱藏自己，不要再因為打開 IG，第一個就看到她的照片或 stories 更新……不要再聽見有任何人，問起或提起她的近況，這樣就不需要再假裝微笑淡然，不會讓任何人發現自己的支離破碎，過後要花很多很多時間，才可以復原過來……

後來才明白，有些人可以相遇，但不適合提起及擁有，不適合太頻繁的思念。其實有時還會覺得，我們的故事未完，但是好像也只能到此為止了

發送訊息……

你相信，疏遠就是放下，
但是那一點細沙未碎，
還是可以在不經意間的時候，
輕輕的讓你刺痛。

有些人注定只能是生命中的過客，
不可以成為一直同行的人。
既然不能得到，
你只有努力讓自己不要忘記，
既然不可靠近，
你惟有選擇讓自己變得成熟，
然後，避免自己再愛到傷害，
避免再刺傷對方，
希望有天，
自己可以用更溫柔更寬容的笑臉，
和對方說一聲你好嗎、好久不見，
又或是平靜地讓對方在面前走過，
在心裡輕輕告訴自己，就算從未忘記，
但也是不應該再見了。

你們的故事是到此為止，
只是你的回憶旅程，卻還未可看到終點。

99／你好嗎／最初與最後的陪伴

victor.koh.31

03:01

她是一個很文靜的女生。每次我和她聊天，她都會很認真給反應，然後用溫柔的說話，為我撫平各種煩惱與心事。我們有很多共同嗜好，她總是可以和我將一些很冷門的話題聊得很深。許多年後我才明白，並不是我們真的有相似的興趣習性，就只是她很努力嘗試與我靠近。她說過她喜歡我，她也知道我還沒準備去談戀愛，但她總是會跟我說沒關係，她喜歡伴在我身邊的感覺。然後有一段時間，我因為被安排負責公司的周年晚會，每天每夜都在忙各種瑣碎事，幾乎一直在加班，但她下班後，還是會來到我的公司，買晚飯給我，在我旁邊靜靜看書。有好幾次我忙到凌晨，看到她伏在桌上睡著了，我跟她說不要再來這樣陪我，但她就只是微笑搖搖頭。但我還是會感到內疚。時間久了，我們後來還是越來越少交集，有一個晚上我約了她出來，我們就只是一直看著大海，沒有說話，最後她擁抱了我一下，之後我們就真的沒有再見。後來我知道她結婚了，她先生是一個很顧家的男人，我也真的很替她感到開心。每一年她都會傳我生日快樂和聖誕快樂，但是也僅此而已。然後不經不覺已經十年，真的很慶幸，她曾經在我的生命裡出現過

發送訊息......

有些陪伴，
可能最初無聲無息，
卻可以一直留在我們心裡，
陪自己走過人生無數重要的時刻。

或許，是你錯過了她，
成為你人生裡的一個遺憾，
但她對你有過的認真與情深，
從來沒有在你的心裡消失，
甚至沉澱成一份珍貴的回憶。
其實你從未淡忘，
甚至如今會比她更在意，
但是你也知道，有些緣分，
真的不一定要握在手裡，
就只需要繼續默默用心珍藏，
這是你對她最誠摯的祝福，
也是她留給你的最後一份禮物。

雖然最後，你們始終沒有在一起，
但是她會一直留在你的心裡，
陪你天長地久。

100／你好嗎／幸福

sh.to.12.10
00:00
我們這輩子應該不會再見吧
但我還是會好想好想，祝你幸福
因為我已經沒有辦法，再親口祝你幸福
就算我不在你的身邊，你也一定要比從前幸福
發送訊息……

我相信，
在另一個時空的我們，
也一定是如此喜歡著對方，
一定都不會捨得，
讓對方從自己身邊錯過，
是嗎？

就只願和我曖昧過的這一個你，
可以一直快樂，可以幸福到老。

曖昧不明關係
解咒書

MIDDLE 作品 17

曖昧不明關係解咒書 / Middle著. -- 初版. -- 臺北市：春天出版國際文化股份有限公司, 2025.07
面； 公分. -- (Middle作品；17)
ISBN 978-626-7735-13-8(平裝)

855 114006849

ISBN 978-626-7735-13-8
Printed in Taiwan

作　　者　Middle
總 編 輯　莊宜勳
主　　編　鍾靈
封面設計　克里斯
排　　版　三石設計

出 版 者　春天出版國際文化股份有限公司
地　　址　台北市大安區忠孝東路四段303號4樓之1
電　　話　02-7733-4070
傳　　真　02-7733-4069
E － mail　story@bookspring.com.tw
網　　址　http://www.bookspring.com.tw
部 落 格　http://blog.pixnet.net/bookspring
郵政帳號　19705538
戶　　名　春天出版國際文化股份有限公司
出版日期　二〇二五年七月初版

定　　價　380元

總 經 銷　楨德圖書事業有限公司
地　　址　新北市新店區中興路二段196號8樓
電　　話　02-8919-3186
傳　　真　02-8914-5524

100 questions about situationship

100 questions about situationship